兵商情

一位老兵报效祖国造福社会的创业情怀

周菊明 ◎ 著

南方出版传媒
花城出版社
中国·广州

图书在版编目（ＣＩＰ）数据

兵商情：一位老兵报效祖国造福社会的创业情怀 / 周菊明著． -- 广州：花城出版社，2021.6
ISBN 978-7-5360-9271-6

Ⅰ．①兵… Ⅱ．①周… Ⅲ．①回忆录－中国－当代 Ⅳ．①I251

中国版本图书馆CIP数据核字(2021)第104987号

出 版 人：肖延兵
责任编辑：邢思敏
技术编辑：凌春梅　林佳莹
封面设计：回声线视觉传达

书　　名	兵商情：一位老兵报效祖国造福社会的创业情怀 BINGSHANGQING YIWEI LAOBING BAOXIAO ZUGUO ZAOFU SHEHUI DE CHUANGYE QINGHUAI
出版发行	花城出版社 （广州市环市东路水荫路11号）
经　　销	全国新华书店
印　　刷	恒美印务（广州）有限公司 （广州南沙经济技术开发区环市大道南路334号）
开　　本	880毫米×1230毫米　32开
印　　张	11　7插页
字　　数	130,000字
版　　次	2021年6月第1版　2021年6月第1次印刷
定　　价	98.00元

如发现印装质量问题，请直接与印刷厂联系调换。
购书热线：020-37604658　37602954
花城出版社网站：http://www.fcph.com.cn

荣誉成果合集

1988年授衔后和战友合影，一排右一为我，二排右一为马将军

美国传统医药大会上和英国专家合影

康民医院各专家领导

2006年6月11日在钓鱼台参加特别宴会时留影

赴美参加第十届世界中医药大会并与旧金山市长及韩国专家合影

2013年在美国第十届中医药大会和李局长合影，右一为李局长

在南非与医学专家合影

2017年11月和右一文化厅杜厅长,右二商会朱会长,左一副会长宴会时合影

棠下人民医院设计图

自　序

　　我是一名商人。
　　更是一名军人。
　　我自19岁被保送湖南岳阳华容卫校，卫校毕业后，20岁应征参军入伍。当兵24年多，参与过对越自卫还击作战的重伤救治工作，经过军队院校学习，结合临床工作经验撰写医学论文，曾在国际国内一级核心期刊发表数十篇学术论文。1995年，受美国研究院邀请，我赴美参加了共有38个国家参与的学术交流与颁奖大会，荣获优秀成果奖和超人杯金奖，获奖论文已保存在美国名人书局和中国文献库。
　　1996年，44岁的我从军队一名团职干部转业，放弃政府安置，停薪留职下海，至今搏击商海23载，在广州先后创办了几家门诊部与社区卫生服务站和医院。我坚持慈善和爱心至上，秉持救死扶伤、扶危救困，行善积德，厚德行医，因此赢得了海内外无数患者的信赖，也获得过一些荣誉，在此期间，我感受到了来自党和国家领导人的亲切关怀。这是我和我们周氏家族至高无上的荣耀。

今天，一个时势造英雄而非英雄造时势的年代。脱下军装，投入商海，我依然自觉而严谨地用军人这把标尺去衡量、去修正自己的思想、语言和行动。这是一种情结，一种蕴含丰富、历久弥新的军人情结。从战场到市场，从军营到商海，一切都是新的课题，也是新的难题，这是一种脱胎，却不是一种换骨。凭着一名老兵坚毅果敢的禀赋，我破解了难题，开了先河，赢得了人生舞台一次华丽转身。如果我的经历，能给您带来帮助与启发，那么，给予和付出，将成就我人生最大的快慰和享受。活着，让自己高兴；做人，让别人舒服！让我们面带微笑，怀抱梦想，心存感恩，把爱与自信传递。

人生在世，必须加惠于人，小则修桥铺路，施衣给药；大则富国利民，就一己之力与地位而行之。盖钱财为善用之人而运用之，可以有利于人，地位之运用亦然……

但是，我不是作家，不善写作，更不会写书。面对人生这部大书，我想用自己笨拙的文笔，记述、表达、留下些什么，既是对自己一个交代，也是给后辈一个交代，还是对教育、培养、关心、支持我的老首长、老前辈、老部队一个交差。在我看来，摆在每个人面前的人生，其实都是一部新书，不在乎美丽的辞藻、婉转的叙述，而在于有一颗博大真诚的心，一双勤奋执着的手，用心做人，专心做事，这部书就会有新意，有看头，有读者。

"年光似鸟翩翩过，世事如棋局局新。"世事如棋，人生亦如棋。但无论棋局如何演变，胸有格局需要做到，成功需要分享，幸福需要祝福。是的，人与人之间，开始让人舒服的也许是你外表的光鲜，后来让人信服的，一定是你内在的人品。从这个意义上来说，我愿意把我这些年来的心路历程，捧给您，献给您，我生命中的至爱亲朋。活到老，学到老，改造到老。如果您能在百忙当中，手捧此卷，不吝赐教，批评雅正，将是我此生莫大的荣幸。

周菊明
2021年5月于花城广州

目 录

第一章 少年壮志

心中的故乡 / 2

童年时代 / 4

敢于献身的父母 / 8

儿女累 / 12

放　牛 / 15

割牛草 / 19

一生知己唯有菊 / 24

那一盏煤油灯 / 27

建房子 / 30

芦苇荡里传来呼救 / 35

校　园 / 39

大队里的赤脚医生 / 43

第二章　军营芳华

离　　家 / 48

新兵报到 / 54

新兵生活 / 57

军装里的棉背心 / 62

争抢新兵 / 64

三年一次探亲假 / 66

贴在床头的誓言 / 70

进　　修 / 74

爱情路上的插曲 / 77

患难夫妻亲密战友 / 84

干部的人情味 / 89

硇洲岛 / 93

海上的难民 / 97

距离十年的两次惊险 / 99

铁打的营盘流水的兵 / 102

把所学专业知识服务军队和老百姓 / 105

首长蹲点 / 108

登上国际领奖台 / 110

日本之行 / 114

难忘离岛情 / 117

重探老军营 / 121

干部的自觉 / 123

只身赴约 / 127

旧日告别，新的开始 / 134

第三章　搏击商海

一次难忘的旅行 / 138

一切从调查开始 / 144

走出第一步 / 147

"当了裤子也要办广州康民医院" / 152

从医的使命 / 156

像爱护士兵一样关爱员工 / 160

仁心济世 / 162

老专家 / 165

大恩不言谢 / 168

母子得救了 / 171

无名的患者 / 174

援手伸去远方 / 176

烈士员工 / 180

奋不顾身制命案 / 183

成功兼并收购 / 185

智斗黑势力 / 187

融资贷款坎坷路 / 191

绝处逢生 / 197

打官司 / 200

飞机上救人 / 207

医院的荣誉 / 211

南非之行 / 213

"我从来不想过官瘾" / 218

办医院就是办教育 / 221

敢　为 / 225

会商北京 / 231

父　母 / 234

我的小家 / 240

花甲之梦 / 244

第四章 "菊"思"明"想

不为外物所累 / 248

比出来的痛苦 / 252

活在当下,活好当下 / 254

人心贵有恒 / 257

读写人生 / 261

总结人生 / 265

要听老人言 / 268

清风自来 / 272

生活有糖 / 276

浅谈"工匠精神" / 280

彪悍人生要经得起摔打 / 285

不挣快钱 / 290

快乐在于心境 / 294

生气与争气 / 297

学会选择 / 301

健康无价 / 304

接受平凡的自己 / 307

我在写书 / 311

用什么保护善良 / 314

长　大 / 319

我不退休 / 321

自信是阳光 / 324

附　录 / 327
后　记 / 333

第一章　少年壮志

心中的故乡

"狐死归首丘,故乡安可忘?"我人生最初的二十年,是在家乡湖南华容县度过的。华容县北倚长江,南滨洞庭,可谓是水乡泽国。华容县史上有两次水灾大移民,丰沛的降水不仅给此地带来磨难,同时也使其成为中国最大的淡水鱼基地和稻谷基地,俗称鱼米之乡。生活在这块土地上的人民,虽多灾多难,然而血管中充盈着那种一往无前、坚忍不拔、逢山开路、遇水架桥的开拓奋斗之精神。

华容现隶属湖南省岳阳市,位居云梦泽、古楚国腹地。西晋太康元年(280),分孱陵县置南安县;南朝宋永初三年(422),改南安县为安南县;隋开皇十八年(598),改安南县为华容县。春秋时为楚国境域,战国时属楚黔中地。五代期间,华容县属岳州。宋乾德元年(963),岳州归于宋,称岳州巴陵郡。宣和元年(1119),以岳州为岳阳军。绍兴二十五年(1155),改岳州为纯州，岳阳军为华容军。绍兴三十一年（1161），复改纯州为岳州。此间，华容县均属其统辖。元至元十四年（1277），改岳州为岳州路总管府，华容县属岳州路。明太祖洪武二年（1369），置湖广布政使司，改岳州路为岳州府，华容县属岳州府。清康熙三年（1664），设湖南承宣布政使司，县境属湖南布政使司岳常澧道岳州府。

华容此地尽出人杰。毗邻赤壁古战场的华容道艰辛诡异，范仲淹曾在此写下"先忧后乐"千古警句，屈原曾在此写下名篇《离骚》，这里的一山一水皆有故事，一地一村皆含典故，山水草木下隐藏的人文情怀，成为三湘大地乃至中华民族，不可或缺的最牢靠的一块精神基石。回首人生68载岁月，我走遍了世界各地，游历了名山大川，最最难忘的，是镶入骨髓的故乡——岳阳华容这方水土。

1952年，我出生在华容县一个农民家里。我想我的血液里，既承载三国古战场的遗风，也有近代中国革命的烽火，更有生我养育我故乡田园的春雷。至今离开家乡48年，但我人生出发点仍在华容，她是我一生从军报国、行医报国、实业报国三个梦想的发源地，从这里奔涌而出的河流，至今仍在滋润我，浇灌我……这块土地给我生命，给我知识。出去多少次又回来，对此地，我总有种深深的眷恋之情。

童年时代

中华人民共和国成立的第三年，我出生在洞庭湖畔的一个农民家庭。记忆里的家是个窄小的院子，我想应是祖上传下来的，院子里有小小一片菜畦，旁还搭着简单的藤架。这些纯粹可看作是一种农家闲趣，父母亲并不怎么费心照看，算是散养，我们主要的生活来源还是靠大片的农田。

家里的院子起初只有三间屋子，父母住一间，哥哥住一间，一间堂屋（大厅）。后来父母在自己屋子里迎来了姐姐还有我，等我三四岁的时候，只东边的屋子已经不够用了，在哥哥没结婚前我就和哥哥住西屋。再后来，家里又迎来了两个弟弟。家里人口越来越多，让小院子显得更为逼仄，但同时也更为热闹，我在这院子里度过了十几个春秋，它四季的模样我全都记得，而院子则承载了我的童年。

小时候家乡还没有幼儿园，我是在家里人的照看之下长大的。在我学会跑跳之前，是在祖父母、父母怀里、背上度过的。他们忙的时候，便会将我安置在家里随便一处，由哥姐照看。在生命最初，我还未经世事的眼睛便开始描绘老屋的一砖一瓦，虽然现在老屋的印象十分模糊，但是它们确实组成了我人生最初回忆里的画面。

许是因为出身农村，我对季节的变化十分敏感，对于我来说，小院子的四季各有它们自己的景象和味道。院子里最热闹的是夏天，白日里，太阳下的菜畦里绿汪汪的，藤架上的叶子努力伸展着，和着阳光的绿意乱人的眼睛；夜晚的时候，我和弟弟躺在床上，看着月光下屋外树枝映进屋内的影子，以为是妖怪，大气也不敢出，只听得外面菜畦里，刺猬和田鼠急速穿过的慌乱脚步声。

待到秋天，空气都安静下来，菜畦里三三两两结了瓜果，我们几个小孩子坐在院里看天空，天那么远，那么高。长大一点后，邻家大哥趁着初秋暑气未散时，经常带着我和弟弟出门去，我们在河里捉泥鳅，道路两旁的树上结了野果子，酸酸甜甜，对于平日没有零食可吃的我们而言，这是不可多得的美味。

对比现在，我小时候吃过的东西品种几乎算是贫瘠，年幼时，我们生活条件不像今天这样富足。当时的中国，

正历经着百年来最大的一件事情。在这历史沉厚的土地上即将建立起一个新的制度，一种新的思想，这些变化，犹如春天第一道雷声，劈开了属于旧时代的沉默，而这看不见、摸不着的改变，体现在人民的生活中，便成为一种充满希望的悸动和对未来的憧憬。

改变的过程总是艰辛的，历经磨难的国家，在建国初期经历过贫穷。这种苦，导致我们这代人十分懂得感恩。即使生活条件不富足，在父母哥姐辛勤的劳作下，我依然慢慢地长大。因为我从小喜静，家里觉得我是个读书的好苗子，等我七岁达到入学年龄时，家里便送我去小学读书。

随着年龄越大，一边读书，也一边帮家里做些力所能及的农活。那时候农忙时节，我就会请假回家帮忙，晚上在煤油灯下补劳动时缺课落下的作业。那时候学生根本不需要像今天的孩子们一样，额外还要进行什么体育运动，因为每天干完活儿，已经累得像旱天里的小草一样，蔫哒哒的了。晚上在煤油灯下学习时，母亲总是怜爱地看着我，重复地感叹我那与年龄不相称的小小个子，说着说着，母亲眼眶便红了，转过脸去，不再言语，煤油灯里火苗跳闪着，墙上我和母亲的影子，也跟着一起晃动，这是我记忆里的另一幅画面。

但也多谢大自然的磨炼,瘦小的我身体素质一直比较好,干活不怕累,学习也一直都跟得上,我的好体格也为以后成为一名战士打下了良好的基础。

敢于献身的父母

我的父母亲都是非常淳朴憨厚的农民。父亲周伏芝上过三年私塾,因家庭贫寒,无力继续上学,很小就担负起养家糊口的重担。母亲刘玉香没念过一天书,大字不识一个。但他们忠厚老实,勤劳朴素,不怕苦,不怕累,先人后己,都是为了儿女和家庭敢于献身的人。

印象中,父母一生内心总是挂牵着别人,很少关心他们自己。因儿女多,他们总是有操不完的心,道不尽的愁。父母的胸怀到底有多宽广,我说不清,他们什么事总搁在心里,总是替别人想了又想。我小时候,父亲带乡亲们去湖里打渔,去割草、砍柴、养鸭,是农社里干活的带头人,母亲则守护着我们这个小家,她每天天不亮就起床,喂养家畜,下地干活,家中大小事儿全是她一人操劳。我们这个家可以说是父母用心血浇灌来的,他们为了

第一章 少年壮志

别人就这样辛苦了一辈子……

印象中,父亲如同中国传统中的所有父亲一样,沉默、宽厚、严肃,但我知道这背后隐藏了许多的往事。我至今记得父亲曾讲述过一个他亲历的故事:那是在1943年,中国还在经受日本帝国主义的侵略,父亲被正扫荡村庄的日军抓去当劳工,他忐忑又茫然地被带走了,留下家中年迈的父母和新婚妻子。一个人的离开,在那个年代来说,基本上就等于宣告死亡。这对于我们小家,无疑是灭顶之灾。父亲在替日本人干活的时日里,每天想的就是如何逃回家里去。那时,逃跑的劳工一旦被发现,会被直接击杀。我的父亲眼看着同胞因为各种原因倒在自己眼前,他恐惧、愤怒、无力,从而对家乡更为思念,就在这煎熬中,终于他鼓足了勇气,在某一天晚上,利用夜色掩护奋力逃了出来。他朝着自己家方向一直跑,一刻都不敢停,终于跑回了家。父亲说,这一次的生死涉险,既耗光了他的勇气,但同时也给予了他勇气。此后多少年,无论经历多少艰难困苦,他总能坚强面对。

而我的母亲,也如中国传统中所有的母亲一样,坚韧、顽强、博爱。小时候,家里条件不好,每人每餐不够一两米的饭,端上饭桌的,是成顿成顿的胡萝卜缨、广东包菜、马荠菜、地皮菜,经常全年没有什么荤腥,鸡蛋是

绝对的奢侈品,这种环境下,全家人多多少少都营养不良。但,即使是这种饭菜,母亲也是让我们这些儿女先吃,我们吃完,她再吃剩下的,家里三个男孩,长身体的时候,胃口好得吓人,常常饭桌上的食物吃光了,我都还没感觉到饱。母亲为了让我们多吃,就说:"你们吃吧,灶台那儿,我给自己留着吃的。"年幼的我们不晓得母亲的谎言,灶台那里哪有母亲给自己留的食物,她当然是一顿两顿地饿着,实在撑不住的时候,就买一点点麻糖充饥。现在回想起来,母亲面色总是黄恢恢的,我后来才知道那是饥饿引起的胃疼时常折磨着母亲。

母亲这辈子从不向人索取什么,从不夸耀对别人的帮助,也不指望别人来报答。对别人的滴水之恩,总以涌泉相报。她总是把"谢谢您了""难为您了""搭帮您了"挂在嘴边。母亲的俭朴,也许是长期贫穷困苦逼出来的。那时,稍稍懂事的姐姐,也经常学着妈妈这样度日。一床小孩摇篮被子,哥哥盖了妹妹接着盖,妹妹盖了弟弟接着盖。多年以后,我当兵回家探亲,还看见母亲用这床布满补丁的被子暖脚、烤火。我问母亲:"现在日子好起来了,买个新的吧。"母亲却说:"妈妈老了,不讲究了,盖这个也是一样的暖和。"我想,在母亲的心里,这床被子的暖和,大概囊括我们儿时成长给一个母亲留下的温暖记忆吧。于是，我便由了母亲的节俭。

如今，这些往事历历在目，在我思想深处打下了深深的烙印，是一辈子也不能忘怀的……

儿女累

母亲是我人生的第一个老师。在我们的生命历程中,她像灯塔一样,指引着我们未来的航向。

在我们幼小的心灵中,母亲是知情达理、深明大义的,总讲和为贵,讲忍受。尊老爱幼,对长辈恭敬有加,从没见母亲高声说过话,对子女轻言细语,从不疾言厉色,从没打过一巴掌。不管遇到多大困难,受多大委屈,总是坚强地挺住,不依靠别人,也从没想过依靠别人。

生活虽穷,祖宗不可不祭;子孙虽愚,书报不可不读。我们是从母亲支持的目光里,逐渐懂得这些道理的。幼时,哪怕买三两肉,母亲也是第一碗端给祖父,把剩下的肉留给父亲,我们弟妹只能喝剩下的汤,闻闻味道;长大了,不管家中多忙,不管刮风下雨,过年总要我们到祖父母坟上送"灯"。

第一章 少年壮志

父母亲送我当兵,送哥哥姐姐弟弟们出去读书、出外打工做事。想来,他们饱经了人间离情别愁,一辈子总是心悬几处。一次女儿在母亲生日上唱起一曲思儿歌,使得母亲悲从中来,泪水流了一脸。

一把尿,一把屎,我们都是父母带大;一口奶,一口饭,我们都是母亲喂大。哺育之恩,恩重如山。哪个喜闹,哪个喜静,哪个怕冷,哪个怕热,母亲都装在心里。心明如镜,心细如发。

儿女大了,添了孙子孙女,母亲仍然像老母鸡照护小鸡一样照护着他们。

父母亲为了我安心部队工作,到我部队驻地广东省湛江市硇洲岛,帮我们带小孩。看到我和爱人工作太忙,他们就主动承担了所有的家务活。由于海岛气候变化无常,加上夏天炎热,当时又没有空调,特别是部队营房是石头砌的墙,夏天太阳晒后的反射热,使房间温度居高不下,很难入睡。我的母亲年老体弱,怎么受得了啊。但她老人家为了儿孙们,默默忍受着坚持着,从来没半句怨言。到1988年7月,母亲终于病倒了。我送她老人家出岛,到湛江市中心人民医院住院治疗好转后,接回华容老家继续巩固治疗。我终生遗憾的是,我没能陪伴母亲治愈康复,因我假期到了,不得不依依不舍地归队了。

我归队第二天,母亲因病情突然变化,抢救无效离世,享年70周岁。她老人家为儿女苦累了一辈子,默默无私奉献了一生。

父母亲为了子孙真是呕心沥血,付出的实在太多了,实际上他们是在为军队和国防建设做贡献。父母无私奉献的精神,永远活在儿孙们的心中,永远激励着我们砥砺奋进!

第一章　少年壮志

放　牛

南方种水稻，而洞庭湖的湖田里满是淤泥，人们在其中行走都有些艰难，每年播种的时候犁地都是一件费力的事情。这种情况下，牛便是我们的好帮手。生产队里养的牛都归我伯父一人负责喂养，伯父做事负责、认真，接到队里这个任务，就踏踏实实闷头扎进了牛群里面。他生活里的大部分内容，开始变成研究牛爱吃什么样的草，吃什么最长肉。他每天白天除了劳作，便是与牛为伴，甚至半夜还要起床看看棚里的牛有没有好好休息，去往它们食槽里加点草料。长此以往，伯父渐渐地琢磨出了一套好的喂牛办法，附近十里八村的，数他最了解牛、懂牛，他可以说是我们当地生产队有名的"牛司令"，生产队里的人因此都很尊重他。

队里几头牛给伯父这样照看着，一个个长得膘肥体

壮。偶尔，伯父忙不过来时，就会把看顾牛的任务交给我。可能是我办事实在，把牛交给我他最放心吧，无论如何，我也有接触牛的机会，成了一名小牧童。

南方农村的清晨，是被牧童的牛铃唤醒的，清脆铃声敲破覆盖在村子上广袤的黑夜。湿润的空气凝成白色的雾气，远瞧着牧童和牛，像是虚幻的影子。天地的一色中，我在牛旁，幻想着眼前雾气遮盖住的世界，明明平日里十分熟悉的村庄只因眼前的朦胧而变得奇幻多彩，且陌生。我在其中用力体味着这种陌生带给我的新奇与欢欣，但没多久，太阳便从东方升起，它那万丈光芒几乎瞬间照亮大地，在我反应之前，周围熟悉的景色再次清晰，而却又如此新鲜。树叶青草被露水洗得发亮，原本散落四处的身影也能被瞧见，生动无比。我望着身旁安然自若的牛，它自然不知道，在它身旁的我的心里，在一个这样的清晨，心灵经历了何种的动荡。

你别看牛，大大的身子上还有一对大犄角，看着唬人，但其实它们其中的大部分，平日里都是个慢脾气，到了草叶肥美的地方，它们就会站立住，慢条斯理地啃草吃。如果附近有水塘，它们便会漫步到塘中，突然翻滚几下，惊起一阵浪花，然后满意地将身体浸在水里，悠闲自得地咀嚼着嘴里的草，这样一待就是几个小时。看着一动不动的牛儿，我心里得意，于是就扶着牛犄角，翻身抬腿骑在牛背上。牛儿也不在乎，甩甩脑袋，继续浸在水里，嚼草吃。在牛背上的我，别提多威风，总觉得自己是个骑马打胜仗的大将军。待得无聊了，便自己也跳下水去，撩起清凉的水洗把脸，多自在！给自己洗完后，我也撩起水来，给旁边的牛儿洗身子，牛身上常有泥巴和草屑，我自上而下地给它们把这些污渍都冲洗干净，再看看牛儿呢，被我洗得干干净净。牛儿洗澡时很舒服，尾巴闲适地轻轻摆动，眼睛眯着，由着我给它们打理，特别乖。

经常和牛待在一起，牛也会听我的话，我和生产队的牛之间逐渐建立起非常深厚的感情，它们就像我不会说话的朋友一般，我高兴难过时，总会想着他们，一想到它们，就觉得心里特别平静。我在心里还替这些牛们取了名字，最大的那头公牛，叫大壮，眼睛又黑又亮的，叫水娃，最小的那头，我心里叫它娃坨子。放牛的时候，我偶尔跑开玩耍，远远看着牛儿们，看它们长时间听不到我的响动，竟也抬起头，左右转动脑袋，似在寻找我一般，等到看到我的身影，便又将脑袋转回，继续发呆。不少小孩子看到我跟牛感情这样好，都十分羡慕。村里人看到我对牛也这么有办法，都称我为大伯这个"牛司令"的"小助理"。

偶尔，牛也有不听话的时候，尤其是犁田的时候，淤泥那么深，一脚踩进，要花很大力气才能拔出脚来，走下一步。长时间的工作，牛也会累，累极了，牛就停在原地，任你怎样打骂，都不会往前走一步，这可能就是"牛脾气"的来源吧。但该干的活还是得干，农村人都知道，牛的鼻子是它们的软肋，于是都把牛鼻子上穿个铁环再拴上绳子，它们不听话的时候，就使劲拽牛鼻子，然后用鞭子警示性地甩几下，牛儿经不住疼，使劲摆摆脑袋，争不过，也便慢慢往前挪步子了……

如今，乡下的农活都是机械化作业了，老牛犁地的场面越来越少见，当年我放的牛们，早已不在人世间。我也成了老头子一个，而小时候大自然和人们和谐的画面，偶尔还是会进入我的梦中。那些和牛共处的时日，恍如发生在不久前一样。我想故乡应该是记住了的，记住那片水塘，那群牛，还有那些善良、勤劳的人们……

第一章 少年壮志

割牛草

道狭草木长，夕露沾我衣。
衣沾不足惜，但使愿无违。

——[晋]陶渊明

我小时候，农村实行农业合作化，每个人都要参与劳动来挣得粮食，那时劳动的报酬叫"工分"，相当于现在的工资。一个家庭挣得多少工分，就分多少粮食。我们家在村里，劳动力算少的，我大哥在外地当学徒，而我和弟弟又太过年幼。所以，平日干活的担子便压在了父母和姐姐身上，当年十岁的我，还在上小学，看着每日里辛辛苦苦劳作的父母亲和大姐，心里也想替家里多分担些事情。

由于我从小爱读书，家里一直都希望我认认真真上

学,家里农活很少让我插手去做。父母和姐姐总对我说:"娃儿,用功读书去!你的出息大,莫要浪费了!"所以,我做农活,就只能利用星期天和寒暑假的时间。

印象最深的劳动除了帮大伯放牛,就是割牛草。只要春天一到,每天放学或是假期的清早,我就扛着扁担麻绳和镰刀向华丰七队前面的莲野湖出发,莲野湖距离我们生产六队有约三里路远,那里有着大片的野蒿草,去割牛草的细长队伍里,有一个小个子的少年,那就是我。

傍晚或清晨,莲野湖因潮湿,都会泛起蒙蒙的雾气,树叶、草叶上也都沾着露珠,在湖边待上一会儿,什么都不用做,整个人便像淋了一场雨一样,头发衣服都湿湿的。无人的莲野湖是那样寂静、那样美丽,朦胧之中,你能听到湖里鱼儿翻腾出水面的声音,鸟儿振翅飞翔时翅膀扇动的声音,还有微风拂过荷叶的沙沙声……

这幅美丽的画因我们的到来而泛起涟漪,无暇观赏美丽湖景,劳动才是我们的主题。割牛草听起来简单,其实并不轻松。割牛草时,人需要站在一米左右深的水中,俯着身子,一手拿着镰刀,一手攥住草茎,割草时,镰刀要在水深处割,这样才会用最少的力气将蒿草割得长些。

割完后,不用起身,就继续涉水俯身姿势往前挪动。清晨到达,干不了多久,夏日的太阳便会升起来,直直地晒着人,不一会儿周围树上的蝉,便似抵不住炎热开始鸣叫。蝉鸣阵阵,热浪扑面,劳动时间久了不仅腰酸腿疼,头也昏昏沉沉,猛地站起身来,眼前直发花。初学割草时,我经常一不小心就被镰刀割破手指和脚趾,这时也只能随便包扎一下伤到的地方,继续割,草茎锋利扎手,长时间手握着,掌间也被划出细细的伤痕,或是布满微小的刺,那时候没条件,没办法戴着手套,所以也就忍着痛这样干,没多久,我的左手掌心竟然起了一层茧!与此同时,我的技术也娴熟了,又快又准,间歇中抬起身子休整一下,湖里莲蓬长势喜人,偶尔也剥颗莲子,丢进嘴里,清香在嘴里弥漫开,是解暑的良药。

  割蒿草最难受的不是劳累,而是湖水里的蚂蟥。这种软软的东西,凉飕飕地攀附上你的皮肤,不停地吸血,如指腹般大小的蚂蟥,吸饱了血液后,竟会膨胀到大拇指大!任何人看到那种景象,都会悚然一惊。更可怕的是,如果裤腿不扎紧蚂蟥甚至会钻进肛门里去,我就曾经被六厘米的蚂蟥如此袭击过,所幸被身旁大哥所救,从那以后我厌恶蚂蟥,觉得这种生物实在是可恶至极。一旦被蚂蟥吸附上,绝不能硬扯,要不停拍打它才可扯掉,而蚂蟥讨

厌之处又怎能仅止于此呢？它们吸血的同时，会释放出一种溶血酶，使伤口无法凝固止血，须按住伤口，并做消毒处理。长大学医后我才知道，蚂蟥晒干是治疗血管栓塞的好药材。这是后话了。

在掌心的茧子越来越厚时，我已能不需太久就能割到100多斤的蒿草了。回家时，才是我最犯难的时刻，我年龄小个子也小，满满100多斤的草，分成两大捆，挑在肩上，因泅饱了水分，蒿草非常有分量。由于路途遥远，没一会儿，肩膀上便被两捆牛草勒出一道红痕，头几天还能忍受，之后几天，勒出的红痕一直疼好不了，由于一次一次地摩擦，甚至还破了皮，一出汗，伤口便火辣辣的，再过几日，伤口肿痛发紫，根本没办法继续挑东西。于是，我就跟同行的哥哥姐姐们协商，让他们帮把我割的牛草挑回生产队里，过秤的时候，我割的牛草可以数一半给他们。他们只须把我割的牛草挑到生产队，就可多算一半的劳动，大家听此办法，欣然应允。从此后割完草上岸，我就将蒿草分成四捆——两捆大的和两捆小的，小的我自己挑回去，两捆大的请大哥哥挑回队里。有人肯帮忙分担，我自十分感激，同时也更加努力，所以白天就更拼命多割一点，别人中间休息、纳凉的时候，我也不参与了。

在广州稳定后，我每年回老家，都要去莲野湖旁逛逛，现在那里周边都盖起了漂亮的居民楼，莲野湖已改造成了稻田，湖边早已没有我小时候的那番景色。我跟老婆还有小孩，看着今日漂亮气派一望无边的湖田，努力回忆幼时割草摘莲蓬的画面，昔日的蝉鸣和雨露似乎还在耳边、眼前，我为家乡今日的发展而高兴，同时也缅怀着那被雾气笼罩着的，静静的湖畔……

兵商情

一生知己唯有菊

"天生之人也，与草木无异。若遗留一二有用事业，与草木同生，即不与草木同腐朽……"小时我不大理解父母赐我名"菊明"的寓意，自从读了张謇此语，才发觉自己名字的深意。将草木类比人的习惯，自古便有，其中菊位列"花中君子"，别有一番高洁之意。因名字我便更爱菊花，因不擅侍弄花草，所以这份喜爱就深埋心中，平日看到菊花，会驻足观看一会儿，菊花相关图画、诗作也是爱不释手。渐渐地，竟也觉得个人气质多多少少沾染菊花之气。不知是不是所思所想皆有菊的原因。

赏菊，是中国民间长期流传的习惯。菊花的品种繁多，汪曾祺在他的散文里提到过，里面不同菊花有着不同名号，大多雅致，我没见过，不过想象中应该也是美的。我幼时家乡那边很少见到盆栽的菊花，倒是在春深时分，道路上会见到野雏菊，零星的、成片的，都有，焕发着生机。当兵后，在首长家里见到过盆养的菊花，花团饱满，花瓣千丝万缕，舒展开来，繁复且好看，让人移不开眼睛。配合首长家里的简朴摆设，相得益彰，十分有韵味。

到我工作后，各处兴建植物园，有不少菊花的展览，我去过几次，成批的菊花按类别摆放，颜色大块堆积一起，像彩云，我虽不懂各品种特色，却也觉得壮观。不过看花展的感受，比不上小时候在路边看到恣意生长的野雏菊和在首长家看闲情趣意的盆栽花。

除去观赏性，菊花实用性也强。菊花茶在全国各处都能喝到，可清凉降压，明目清肝。宋代苏辙有云"南阳白菊有奇功，潭上居人多老翁"便是说它的养身功效。菊花还可入菜。"菊花肉"是经过长期摸索制作成的一种佳肴，它由一块块用蔗糖熬浆炮制的白嫩猪肉加工制成，玲珑剔透，有如白玉。每块之上粘上几丝菊瓣，饱饮油脂糖甜，观其金黄色泽，吃到口里荤中有素，素中有荤，香甜不腻，实为名菜。还有菊花鱼球、油炸菊叶、菊花鱼片粥、菊花羹、菊酒等等，这些菊餐不但色香味俱佳，而且营养丰富。北京有名的"菊花锅子"（在涮羊肉火锅里放些菊花煮汤），清淡味美，更是别有风味。

自出生开始，要说伴随我最久的，应当算我的名字。

兵
高
情

父母老去,朋友聚散,人生路上陪伴我的都是阶段性的,但名字像是一个符号,富含着长辈对我最初的期待,也凝结了我的一生。

第一章 少年壮志

那一盏煤油灯

我在三四岁时,父亲在原本老屋的西边加了一间房子,一张床,一张桌子,这就成了我六十多年前的生存之地。开始这间房子笼统地被叫作西屋,后来因为里面被我的书渐渐填满,便改叫书房了。

白天我要忙功课,放假时要忙农活,所以读书主要是晚上的时间。天黑了,家里只有一盏洋油灯,那时洋油是很贵的,油灯不能亮的时间太长,为了省油,我在主屋与西屋中间掏了个洞,这样油灯两边都能照到,但即使这样,晚上长时间用洋油灯照明仍不现实。我便想到村里远房亲戚开的杂货店里去学习,店是公私合营的,店里售卖洋火、洋油、洋钉和洋皂,货物都是从国外进口来的,价格贵,老百姓大多舍不得花钱买。店铺在每天晚饭后会再开一会儿,我吃完晚饭,便带着书去店里,亲戚那时也

兵商情

六十岁了,晚上也不怎么有生意,他便坐着专门陪我念书。灯就放在柜台的一角,为了聚光,亲戚用白纸剪了个灯罩,套在玻璃上面。等到十点光景,父母来催,我才回家。

回家父母便要睡觉,我总要再拖延,父亲要熄灯,我总央求再点一会儿,那时也没有手表,我提出再点一炷香的时间。父亲便不管我,自顾睡去,一觉醒来,见灯还亮着,便让我熄灯,我说再点一会儿,父亲便恼了,不由分说地把灯拿走。几次这样下来,我就发誓,等我长大了,要买好多好多煤油灯,把整个家照亮。

后来,有了电灯,我便更加勤奋地读书。当然,阅读也带给我一些毛病,例如,家中的事我做得越来越少了,少年的自尊心开始膨胀,我在人群中开始变得沉默、孤僻,读书让我自诩清高,倔强拼命。满脑子理想主义,虽在心里有着对未来、对世界长篇的看法,却对眼前的生活不屑一顾。日常许多琐事我不擅长做也不想去做,譬如我自己从不会跟人讨价还价,总觉得开不了口,类似事情都是靠兄姐弟弟们去帮我。年少气盛时的特点有些现在看来可笑,可其中有些处事特质却融入了我的骨血中。

等大哥结婚时,为了结婚需要,西屋做了他们的结婚用房,我的书房就这样成了记忆中的事。小时候觉得有书房是种奢望,那时我绝没有想到自己步入中年以后,能在广州这样的大都市里有坐拥书城一般的幸福。没有风雨侵蚀的担心,日夜都有白炽灯、节能灯、霓虹灯,亮同白昼的城市夜景伴随。

尽管如此,我仍然怀念远房亲戚家的小杂货铺的煤油灯,怀念老屋墙壁上放煤油灯的窗孔,怀念十八岁前在家乡苦苦读书的日子,珍惜那时书籍为我展现的美好未来和未知世界。

建房子

少年不太懂事的我，在疏远家庭一段时间后，终于被生活拉回了现实。起因就是房子。原本家里的三间房子，在哥哥结婚后分了一间给他。去除一间家人共用的堂屋、厨房，爸爸妈妈、姐姐、我和两个弟弟休息就挤在一间卧房里。那时我已十几岁，姐姐也已是大姑娘，家里也没有多余厕所，这样下去实在不是办法。但房子不够用，哥哥娶了亲，家里没有多余钱再盖房子，父母又犯上了愁。我人在农中读书，见父母每天的愁容，也终于知道仅凭书本知识和一腔傲气并不能解决家里的实际问题。我于是在心里开始盘算起来……

我们农村家里，人口一多，基本没有什么存款，有的只是一亩亩农田和家里的牲畜。本来盖房子的事情不应该由我这样大的孩子费心思，但我还是忍不住去规划、去思考。那时，我每日除了学习、做功课，就是观察自己家的院子和田地，常常在田边、后院里一站站好久，似着了魔，恨不得用眼睛就把房子盖起来。经过几日的思忖，我有了主意，于是在饭桌上，我跟爸妈讲："爸、妈，盖房咱不怕，没钱请人，咱们就自己盖，家里都是干惯农活的，不怕没力气。没钱买材料，咱们就自己想办法。咱们可以在自家菜园里两边栽20棵杨柳树，这种树比较直，三年就可成材。到时候砍了，在村里找个亲戚朋友加工一下，做房梁。然后趁田里冬季没种庄稼，咱们把土地用石磙压平，再用划刀切土砖，砌土砖墙做屋。"说完，我看着父母，心脏乱跳，竟有些紧张，没想到爸爸妈妈竟然同意了。

于是三年后，老房后面，在菜园子之间的空地上，盖起了一间厨房和厕所。我们不用和哥哥一家子挤用一个厨房餐厅，也有了自己的厕所，这两间小房子算是解了燃眉之急。看着家人高兴的样子，我也终于体会到为家庭付出后的满足。

新建的房屋都不大，又都不能住人，随着我们姐弟长大，自然还是不够用的。于是我开始设想如何一次性解决我们家住房问题，这等于要一次性解决父母、姐姐和我们三兄弟长大成家的住房问题。我又一次向父母提议，住

兵商情

房要从长计议,我们应该考虑将老房拆了,搬到新地方重新建房子。我的想法,对于当时我们家来说,是极其冒险的,但也许我眼睛里的坚定说服了家人,他们没有阻拦,认了我的想法。

我又一次的开始漫步在村庄的各处,这一次,是为我们新家找一块地皮。最终,我将新房的地址选在河堤上一块空地上,那里地面较为平整,离农田也不算太远。和家人商量后,我便开始着手建房子,我利用早晚的时间,去整平房屋台基,父亲偶尔也来帮忙,我们让耕牛先把土地犁松,再夯实整平,约半年,终于整出了一个够我们建房的台基,一场春雨后,台基就更沉紧坚固。

台基定下来了,建房的木料(湖南老话叫檩子)却没钱买,我找遍了附近的村庄,都没合适的。后来我想到自己一个要好的同学——张发明,住在离我家稍远的一座山中,我记得那座山头满是桃花树,我便在假期一个清晨起了大早带着干粮进山找他。走了一天的路,到傍晚终于到了张发明家。我向张家说明了来意,发明父母亲不假思索地答应了,他们说大山里木头有的是,自己家这么多间房子都是楼板梁,拆几间楼板梁给你家,做房子檩木与椽子也足够了。而且都是好的杉木。发明父母还特意说这些木材都不要我的钱。我感动得一时不知说什么好,手脚都不知如何放置,发明在旁笑着让我不要客气,还要带我在山里转转。

山里到处郁郁葱葱,各种植被草叶一层又一层盖住山石,绿色浓郁处连阳光都照不进来,很是凉爽,身旁还有很多野果采摘。发明一家热情,留我在他家住了两天后,才许我告辞,走时发明父亲还编了一个竹篮子盛满山里的蘑菇让发明跟我带回家里。为感谢发明,我也邀请他到我家玩了几天。现在想来,发明和我有几十年没见面了,听说他现在长沙当汽车老板了。

但是发明家里的木料我们最终没有用上,因为那时山里交通不便,大批造房子的木料很难运下山来,无奈我只得想其他办法。家里开始筹钱,买较直的椿树与大的竹子做檩子,椽子就用芦苇做,反正洞庭湖畔的芦苇一眼望不到头,以苦枣树做门窗。房顶盖的瓦,前面的就准备用届时旧房拆下的小瓦,后面的就从大队机瓦厂买机瓦。

准备妥当这些,时间已到1972下半年了。原准备在入冬时建房子,因冬天生产队农活不多,乡亲邻里有时间来帮衬。但是正开始建房子的时候,部队来我县招兵了。在家人鼓励和自己内心的鼓动下,我应征入伍,最终还是没有亲自参与建新房。1975年我从部队回家探亲时,原本只有台基的地方建起了气派的瓦房。父母有了独立的居室,

兵商情

两个弟弟也有结婚用的房子,姐出嫁成家了,我也和妻子在部队相识成家。家里房间终于够用了。多年来,父母亲总担心儿子结婚时没房子,而在新的屋檐下,现在他们的愁容彻底消失了,露出知足满意的笑容。

  2013年,父母早已不在,现在我们兄弟姐妹都离开了老家在外工作,河堤上那栋瓦房由叔叔居住。几十年时光荏苒,当年气派的瓦房也因年久失修成了危房。我们怕叔叔住着不安全,再者思念父母亲,几兄弟商量下,由我和大哥出钱,将宅邸重建做周家祠堂。像我们这种情况的,华容县还有很多,于是我便给当地政府写了一份"华丰村危房改建,建设社会主义新农村"的报告。政府很快就批准了我的报告,并给予支持。于是我们将河堤上的房子推倒,重新建起了一栋三层的周宅祖屋。并修了一条直通祖屋的水泥公路。时隔多年后,我终于以这种形式,再次加入了为家建房子的工程中来。

芦苇荡里传来呼救

记得那是在己酉年末,严冬腊月,凛凛寒风刺骨,村里的活计不太多了,人们便选择终日待在家里,不怎么出门。那时家里取暖全靠烧柴火,为了应付这不同寻常的严寒天气,17岁的我和父亲决定去洞庭湖畔割些芦苇,捡一些枯枝败叶当作柴火,囤在家里以便过冬。我们准备了被褥干粮,向钱粮湖农场那边出发了。

严寒之下,洞庭湖畔也是一片肃杀的景象。只有湖畔野生芦苇荡,连水接天,密密匝匝,绵延数百里,将近三米高的芦苇随风摇摆,时而掀起阵阵金浪,显得意蕴悠远。

芦苇对于我们岳阳人来说是最熟悉不过的一种植物,洞庭湖畔的芦苇荡是那样广阔、那样宏伟。芦苇的花穗可绑来做扫帚,柔软的花絮可用来填充枕头,新鲜的苇叶可

兵商情

用来包粽子,孩子们喜欢嚼甜丝丝的鲜芦根,当然,这芦根也可以用来熬糖、酿酒。芦苇对岳阳的人民那样慷慨,那样无私,温柔地守护着这方水土。

出发时,父亲从生产队里借了条小船,沿洞庭湖边的那条河划了三个小时到了六门闸,我们在河中划船,沿河畔找寻着理想的驻扎地,最终决定在六门闸的一处河滩边停下来。父亲指挥我同他先割几大捆芦苇,然后用它们搭了一个简易的棚子,作为我们临时夜宿和防寒的地方。

棚子简陋,但起码让我们有了庇身之所,在棚里向外看,洞庭湖又是一番景象,芦苇丛中隐藏着不少北方来过冬的候鸟,大雁、灰雁在丛中嘎嘎叫。偶尔有被说话声惊起的水鸟,扑楞着翅膀,掠过水面飞去。

我和父亲并没有花太多时间在欣赏美景上,休息一会儿后,我们便手握镰刀开始割芦苇,很快,便收获了好几捆。眼看太阳向西边垂去,周身也越来越寒冷,我和父亲突然听到不远处有呼救声,断断续续的。我和父亲对视一眼,便一齐顺着呼救声的方向寻去,我们拨开眼前的芦苇,不断前行,终于,看见了呼救者,一个人影正在冰冷的水里挣扎,他双手不停地拍水,人浮浮沉沉的,不远处漂浮着一条小渔船。

我和爸爸见状,说时迟那时快赶紧跑去自己船那里,以最快的速度向呼救者划去,原来那是一个落水的渔翁。我和父亲二人一人稳住船一人拽住渔翁一边肩膀上的衣服,咬着牙使劲儿将他拽上了船。因棉服浸满了水,人变得十分沉重,渔翁躺在船板上,脸冻得发紫,嘴唇哆哆嗦嗦,已经说不出话来。我和父亲不敢停顿一秒,赶紧划船返回,最终,我们两人架着渔翁来到我们棚子里。我和父亲在棚外清扫出一片空地,架起柴火堆,见火苗燃起,我们才稍稍松口气,父子相望,才发觉两人都已是满头大汗,太阳几乎全部落下,只剩天边一小片暖光。父亲拿了身自己的衣服给渔翁换上,我在旁努力搓他的手脚和前胸,很快,渔翁终于面色好转。平静下来后,我们与渔翁谈话,才知道,他已有六十多岁了,今日来是想捕点鱼过年,但因船头有冰霜,比较滑,不小心甩渔网时连人带网甩进河里,河水太冰冷,他水性又不好,快支持不住就沉下去了的时候,是我们发现并救了他。说到最后,渔翁只喃喃重复"再迟一点就到阎王那里报到去了,你们是我的救命恩人"之类的话语。我和父亲不断宽慰他,与他分吃了些带来的粮食。最终,老渔翁状态缓和下来,换回他烤干了的衣服,在他坚持下,我们送他返回自己渔船,临走时,他还执意留了些鱼给我们。

我和父亲怎样也没想到,这次外出割芦苇,竟遇到这

般惊险的事情，现在想来，那年的经历应该是我人生中第一次救人性命，在随后学医那么多年里，我经历了很多次救人于危机的紧张时刻，而这次芦苇荡里的经历，算是其中印象最深的。

　　现今，洞庭湖畔的芦苇荡依然绵延，据说每到冬天，仍然有人去割芦苇，不过不再是为了烧火御寒，而是因为芦苇可以制作纸张，割了芦苇去卖，可以卖个好价钱。唉，你看，芦苇荡上的太阳升了又落，落了又升，四季交替变换，这么多年过去，芦苇还是那样默默地奉献着自己的一切，静静见证着洞庭湖的人事变迁。

第一章 少年壮志

校 园

我是我们家里读书最多的人,这要感谢父母兄姐的宽容和鼓励,也要感恩于我个人的努力。进部队当兵前,我大部分的时光是在学校里度过的,从7岁起,我就背着妈妈给我做的书包去上小学,成绩一直不错,后考上了县一中,初二时,很多同学放弃了学业,去闹革命,我当时懵懂,心里依然觉得学点东西好,转校去了农中,农中毕业,我本想就这样回家,或者跟哥哥一样做学徒,学个一技之长,或者就当个普普通通的农民。但1970年的时候,我们华容新河公社成立了五七农校,我被推荐去那里学了半年医。

当时"五七"为名的学校遍布中国,最多的叫作"五七干校",这些学校的建立都是为了遵照毛主席的"五七指示"。很多老教授、专家、知识分子下放各地,

兵商情

一边劳动,一边教书。五七农校的成立给我们农村儿女提供了学习的机会,也确实培养出了一部分人才。

　　新河公社的五七农校也属于这种性质。1970年农校开办了一期医训班,主要是为农村培养本地土生土长的卫生技术人员。当时分配新河公社几个指标,公社给了我们大队一个名额,因为我在大队里属于读书较出挑的,大队老支书相中了我,找我谈话鼓励我去学习,消息来得突然,我一时分辨不出自己当时的心情。但我知道我心底有个声音,告诉我一定要去,那将是开启我之后人生的一次重要选择,但那种渴望还没有开始膨胀,马上被理智浇灭,当时的家里只有我一个正当年的劳力,家里大把的活计等着我去做,我去学习,家人必定又要承担部分本该属于我的农活,当我把这一切顾虑同家人说的时候,没想到得到的是他们温暖的支持,我那老实宽厚的父母和哥姐仍然呵护着我的梦想。就这样,我简单收拾行囊,离家来到了农校。

　　我记得开学约是在七月,我们这一届总共有学员二十多人,来自十几个大队,学员的年龄并不平均,年龄大的在家里都已经有了几个孩子,我在其中算是最小的。开学典礼就在学校中央算是操场的一小片空地上举办,校长对着我们讲了几句动员的话，嘱咐了几句注意事项，队伍就散了。各自班的开始聚在一起，互相打打招呼、认识熟悉彼此。医训班里有几个学员有点医学基础，剩下的都是初学。

学习班时间为半年，学习的课程安排得很紧，有中医、西医、内科、儿科。基础课程都有，给我们上课的老师都是公社卫生院或县医院抽调出的大夫，甚至不乏大城市里来的老教授。其中，我记忆深刻的是顾大夫，他从上海医科大学附属医院来到我们这儿，近视厉害，长年戴着厚瓶底的眼镜，一些不知所谓的村民，背后叫他"顾瞎子"。但顾老师人耐心老实、医学知识渊博、基本功扎实，我们从他那里，学到了很多很多。

我们白天上课，夜晚还要上晚自习，没有周末，偶尔还跟着老师们去医院实习。日程很紧，在那半年里，我没有回家一趟，为各种事情所忙，但我和班里同学都热情高涨，往往晚自习后，回到宿舍，也不马上休息，有的同学背诵"汤头歌""脉诀"，有的同学背诵药品、拼写，学习氛围实在是好。

我们当时所在的校园，设施落后，跟现在的现代化设备没法比。我们多个男同学住在一间老旧的房子里，睡的是行军床，房子里除了盆、椅、桌子外，其他什么都没有，天冷时候，门口窗户的缝隙里四处漏风进来，人仿佛

兵商情

置身荒野。起先，为了防冷，我们在房子中央垒了个泥巴火炉子，烧煤炭取暖，由于没有烟筒，烧炉子的时候屋内烟熏火燎，怕一氧化碳中毒，便要开窗或开门通风，一通风，寒风一股脑吹进来，炉子一点作用都起不了，后来，我们只能灭了炉子，将所有能裹上身的东西披在身上，默默等待冬天尽快过去。回暖的时候，屋内潮湿的墙壁上长出霉菌青苔，一小片簇拥一起，除去后，过两天又能在别处见到。

　　除了学习，我们劳动也不能落下，农校也要到生产队去干农活，农忙时节，我们学员还是要抽出空来做劳动，学员不够的时候，教员、干部们也帮忙插秧、收割。虽说在课堂上，那些大城市来的专家是我们的老师，但是在干农活上，他们却不如我们，由于缺乏经验，这些教授、医生也闹出了不少笑话，由于他们不会指挥耕牛，耕田时，让牛转弯、停下时不会操作，急得情不自禁地对牛讲话，可牛又怎么会听呢？就像科学知识让我们着迷一样，淳朴的大自然也吸引着这些城市里来的人，他们欣喜地看着作物的播种、发芽、抽条、长大。慢慢地认识水稻、油菜、野蒿草，认识那些我们村里人从小便熟稔的花草树木，甚至是泥土。我们和教授、先生们互相体会着对方的生活，汲取着对方头脑里的知识，同吃、同住、同劳动，建立了深厚的感情。

第一章　少年壮志

大队里的赤脚医生

农校半年培训结束后，我自然还是回到华丰大队，向大队党支部书记汇报了一下我在农校学习的经历，书记听后眼睛亮亮的，说咱们大队里终于有自己的医生了。第二天书记便请队里木工活好的村民，帮我做了个医药柜，我便这样成了大队里的赤脚医生。

所谓赤脚医生，就是送医送药上门到每家每户和田间地头的非职业医生，平日里，还是要参加生产队劳动的。全大队有着约6000亩的田地，养育着1000多口人，当时大家的防病治病和卫生宣传就靠我一个人，常见病、多发病的诊断治疗，包括打针送药，都是我一肩挑。凡是有处理不了的危急症病人和外科病人，就转诊到新河公社卫生院或华容县人民医院去治疗。

村里没有什么特定的交通工具给我用,所以我出诊看病全靠两条腿,不管什么时候,有人来通知谁家有人身体不适,我便拎着医药箱赶去,夜间出诊也是常事儿。尽管很忙,我心里却对这种生活十分满意,觉得自己学的东西没有白费。每治愈一个病人,心里都很高兴。村里人看病便宜,在现在看起来不可想象,药品便宜,出诊看病,也没有什么挂号费、出诊费、注射费。一般头痛感冒,打一针,再买些药片,总共花费也就3~5角钱。在病人那里我开好处方后,由病人亲属在处方上签字、交款,医生将费用交给大队里的会计进行结算,一切账目清楚明白,做医生的不可能多余挣什么钱。村里乡亲平常有个头疼脑热,基本不会花费超过两块钱,实在有些须住院的病,如阑尾炎,在县医院做手术的价格,我记得是几十块。

看到这里,估计很多人在想,我这个仅学习过半年医的人,也敢在大队给人看起病来。其实虽说我只在农校学了一些时日,但是我的学习没有停止过。那时毛主席发表了"把医疗卫生工作的重点放到农村去"的"六二六"指示,各地都在积极落实毛主席指示,大城市医院大夫下放到县、乡工作。在"五七"农校教过我的顾大夫,也在新河公社的卫生院,我有不懂的地方,还是会去请教他。离我们约一公里的前进大队有个著名西医曹风波大夫,也是我求教的对象,我在他那儿学到了不少诊治病人的知识。

曹医生做事认真，系统地教我医学理论，还有如何诊断病人的经验。例如鉴别诊断急腹症：先发热后腹痛是内科急腹症，如果是先腹痛后发热是外科急腹症……有这些有经验的医生教导我，我看诊时的心是稳的。后来听说，顾大夫当了岳阳市级医院的院长，而曹大夫在我当兵不久后由于一些事情，在愤恨与委屈中撒手人寰，想到当年同为我的恩师，他们后来的处境却如此不同，世事无常，我心里不免哀伤与惆怅……

做赤脚医生的那些日子很累，但我很快乐。大队里的人信任我、尊敬我，我也牵挂着每个人的健康，那时的医患关系无比亲密友好，每次我出诊，看完病人离开时，他们都会留我在家吃饭，我回绝后，他们过意不去，在门口还会扯住我的手，往里塞两个鸡蛋，真诚地看着我，那眼神叫人心热。我不是一个多么厉害的专家，在当赤脚医生时，不敢说治愈过多少疑难杂症，但还是成功抢救了两个农药中毒的村民，其间我还尝试调配了一种酒曲发酵的猪饲料，猪特别爱吃，长膘也快，我这个方法很快推广开来，一个大队传到另一个大队，许多的养猪户都用这个方法饲养猪。

当大队赤脚医生的时间很快就过去了，公社看我干得好，又把我推送到华容卫校去学习。在卫校毕业后不久，我便应征入伍，开启了我的军旅生涯。

第二章　军营芳华

兵商情

离　家

　　去新兵连报到，应该是我这辈子第一次出远门，目的地是广东，一个我未听说过的沿海城市。时至今日，离家发生的所有事情，我都清楚记得。

　　在知道自己被批准入伍后的几日里，队里显得比往常还要热闹，乡亲朋友们见着我，就邀着我去家里坐坐，说趁还没走，赶紧都见见面，每天过得反而比往日更为忙碌。平日里走在路上，很多相熟的伯伯、婶子远远见到我，便问："菊明，要穿上军装当兵啦？好小子！有出息！"我笑着回应，心里被快乐和希望填满。书记知道我要去当兵，高兴又满足，逢人便说菊明这孩子前途好，这是他早就看出来的。待到我俩单独在一起时，却又一脸惋惜和不舍："好不容易咱们队里有个赤脚医生，你这一走，不知道什么时候再能盼来下一个这样优秀的。"他说

第二章　军营芳华

这些时,我在旁不知如何接话,只好腼腆地笑。

也许是欢声笑语暂时冲淡了我离别的伤感,直到走前那一夜,我和家人们默契地聚在老房子里,话语间浮起的静默,让我的心开始沉入浓浓的不舍与伤感中去。母亲身体抱恙,缠绵病榻已有一段时日。大姐帮我收拾行李,父亲在旁不时想到什么东西,让大姐拿出来,放到我的行囊里去。"不用带太多东西的,爸,明天去公社,那里都发。"我次次重复着这句话,但也不真的阻止他,我知道这是沉默的父亲表达对儿子疼爱和不舍的一种方式。行李其实早已差不多,母亲和大姐仍然在计算着有何遗漏,最终她们无法再举出任何需要添加的物件后,空气便真正静谧了。

白天时不觉得离别有多么难以面对,但晚上昏黄的灯光下,看着家人们的脸庞,我却实实在在地感觉到让人心慌的痛苦。老旧的屋子以前觉得狭小,现在却发现触目之处全是细节,某一面墙的墙角处,有我和弟弟贪玩时刻字的痕迹,饭桌上有着长年累月碗碟划过的伤痕,煤油灯罩子有些发黑了。我的家还是以前的样子,但也苍老了许多。

当月亮移上天空中央,父亲开口让大家去睡,说我明天一早还要赶火车,于是大家便散开,回屋各自歇息。如

兵商情

往常每一个夜晚一样,我躺在自己的床上,听隔壁父母轻声的讲话、铺床,我几乎贪婪地听着,听着周围的一切,不为别的,只为了明天的离别。

而我不知道的是,第二天,是多么忙碌的一天啊。

似乎没睡多久,我便醒了过来,天还未亮,父母房间里已经有轻微的响动。我躺在床上,贪恋着入伍前在家的最后一个清晨,直到听见有人轻轻唤我名字,我才挣扎着起床。走进饭厅,才发现家人都已经起床了,大家又一次沉默地围在饭桌边,吃着早饭。按计划,当天是父亲先送我去新河公社领军装等物品。由于从家里去公社还需要走段路,所以我们要提前一点出发。不等我沉浸在伤感中,便到了离开的时间。之前觉得不用带太多行李,但收拾收拾,也有了满满一个书包。临出门前,我来到母亲床边,跟她道别,母亲看着我,冲着我微笑着点了点头,那眼神与幼时注视我写作业的眼神重叠起来。母亲抬手整理我的背包带,她的动作十分细致缓慢,似乎想要抚去背带上每一丝灰尘。我注视着母亲的双手,这双干燥、布满皱纹的手,小时候曾温柔地摩挲过我的头发、我的脊背,也曾喂我吃饭、帮我穿衣,后来曾帮我缝补被褥衣裤、帮我整理书包;现在,这双手饱含了母亲千万的不舍,抚平我衣服上的褶皱,让我整洁、清爽地离开。

第二章 军营芳华

我和父亲走出门外,乡村的小路被乡亲们踩踏得平实、坚硬,已经陆续有人出门干活,三三两两跟我打着招呼,我几乎麻木地冲着每个人微笑、说话,东方天空越来越亮,各个人家里的公鸡相继打鸣。终于我们走过了那个熟悉的路口,回头看时,矮小、破旧的老屋静静安置在那里,留守着我的少年岁月。

新河公社的大院里,集合着所有入伍的年轻人,我们换上了新发的军装,从内到外,全新的军装似乎给了我们别样的光芒,每个人看上去都那样精神焕发,像春天里的白杨树。公社给每个人胸前都戴上大红花,武装部部长给我们做了简短而又充满感情的动员讲话,一时间,我有一种前所未有的感觉,也许是军装带给我的,也许是鼓舞人心的讲话带给我的,总之,在新河公社的大院里,我第一次真正体会到了军人的使命和荣耀。

门外大巴车静静等候着年轻的军人们,讲话完毕后,我们由部长带领着,走出公社大门,门外有送我们过来的亲属和看热闹的乡亲们,我一时看不清楚他们的脸,直到我在大巴车上坐定,我才终于在人群中看到了我的父亲。

我那沉默的父亲在人群中也依旧缄默着,他的脸庞如年轻时一样瘦削,背却稍稍有些弯了,他在人群中注视着我,在我反应过来时,我已经在冲着父亲挥舞胳膊,人群

兵商情

里的他自然听不见我的告别,但他懂得,他也缓缓举起手来,冲我摆了摆,又缓缓将手放下,眼睛仍是注视着我。在那温暖的目光中,汽车发动了,我眼前的景象开始慢慢后移,父亲的身影最终消失在我的视线中,我的泪水弥漫在眼中……

大巴车缓缓停下时,华容县礼堂外面已经奏起了音乐,我们下车,看到礼堂内已有另外的新兵队伍在内等候,我们整个华容县来自各个公社的,共722名新兵一起接受了县委书记、县长、县武装部部长等领导的接见,并参加了欢送大会。一时间,礼堂内热闹非常,像是在欢度某个隆重的节日。大会过后,我们又各自坐上大巴,在锣鼓队喧闹喜庆的鼓点里离开县城去往岳阳市。在岳阳,我们新兵坐上了军用专列,到了株洲火车站。

火车站上挤满了离别的人,我们一群穿着军装、戴着红花的新兵,受到了所有人的注目礼。我们在注视之中,安静迅速地吃完了午餐,候车厅的广播里响起我们要乘坐的车次即将发车的消息。在繁忙的一上午后,我终于坐到了开往最终目的地的火车上。

我们车厢坐满了新兵战士,一个个稚嫩的脸庞,都挂着离家的不舍和对未来的期待。一声长长的鸣笛划破天空,像是一声离别的吟唱,火车轰隆的声音掩盖住了周围的嘈杂，20岁的我，向广东省湛江市霞山兵站出发。

全家福

兵商情

新兵报到

  我们乘坐的那趟火车严格来说，是一辆运货车。在历经十多个小时的颠簸后，我们到达了广东湛江。

  在我下车的那一刻，一阵和家乡完全不同的、带着咸味的海风便迎面而来。在异乡，大自然仍展现了它宽厚而仁慈的一面，正是当年的那阵海风，吹走了一个离家青年大部分的伤感和惶恐。我几乎是一瞬间就喜欢上了这个南国的海边。跟随着人流出站后，我们见到了接站的干部，他带领我们坐车去到不远处的兵站，在那里再等待自己被分配到哪个新兵连。

  在兵站里，我得知自己被分配到电白县水东镇7087部队新兵5连。电白县现在是茂名市下的一个区，而那时候还是属于湛江地区管辖。水东镇，现在已经是水东街道，濒临南海，自古以来这里人就以渔业为生。7087部队的营地

第二章 军营芳华

以前就是村民居住的地方,营地周围有大片高耸的阔叶植物,彰显着这里典型的亚热带气候,空气时刻潮湿,像是空中随时就可以滴下雨来。

随着车,我们来到一片普通的砖瓦房前面,得知这就是我们将要度过两个月的地方。营区内,鞭炮声、锣鼓声响了起来,写着"热烈欢迎新战友!"的欢迎标语贴在显眼的地方。

入伍留念(右一为我)

兵商情

我被分在了新兵5连5班,进宿舍时,发现那里已经搞好了洗漱用具、水杯、被子等生活用品的位置,我们几个新兵看着崭新的一切,又你看看我,我看看你,每个人心里既雀跃又紧张。我们班长是个看起来大不了几岁的"老兵",他瘦高、皮肤黢黑,看人时眼睛直直望过来,说话干脆,站立的时候身杆笔直,让人不由得心生敬佩。他和我们聊了会儿家常,每个人都简单介绍了一下自己,把行李都归置好后,就听到了集合的哨声。来不及多歇一会儿,我们便奔出宿舍,向操场集合。

我的新兵生活就这样开始了。

新兵生活

虽说来到部队前，我心里做好了吃苦的打算，可是前几天下来，仍是感到有些不适应。广东的冬天阴冷，泛着湿气的被褥即使人在里面躺到大半夜，都暖和不起来，我们只能缩手缩脚当"团长"。当兵不可太过贪图享受，我们新兵自然在衣食方面也要上这一课，平日吃的饭是糙米饭，菜式简单，每顿饭几乎都有白菜汤，就这样，一天辛苦训练下来，大家也能风卷残云般地一会儿就把饭碗"打扫"干净。

我们的训练从每天早上就开始了，最开始是在操场上练习队列，在练习一个动作前，班长要首先做示范动作，接着下达口令。一时间"集合！立正！向右看——齐！向前——看！稍息！"等口令此起彼伏，一些新战友在训练中由于过于紧张，做动作时会闹出很多笑话，当听到班长

兵商情

下达"向左——转、向右——转、向后——转"等口令时，有转反方向的，有站立不稳的，类似情况发生时，队伍里就会传出几声憋不住的笑，最后引得整个训练队伍笑声不断。班长在训练的时候，严肃且一丝不苟，他一开始就制定了严明的纪律，动作做不到位或者态度不端正的都会被罚跑圈或是伏地挺身，笑出声当然也会，吃了几次苦后，战士们学乖了。训练本就量大，谁都不愿意再找罪受，于是都默契地保持着绝对专注。于是几天过后，操场上的动作越来越整齐，口号还是从一早就开始喊起来，一

训练留影1　　　　　训练留影2

第二章　军营芳华

直到中午，午饭短暂歇息后，再响一个下午。一个星期下来，部队发的两双袜子已经磨出两个大窟窿。

部队里有句话，叫"老兵怕号、新兵怕哨"。号声响起来，代表着要上战场。哨子声一响起来，就代表着挑战来了。最怕的哨声一共有两种：一种是紧急集合的哨子，一种是流动哨。

紧急集合的哨子一吹，不管你在干什么、在哪，都要立刻扎好武装带，背挎包、水壶，打好背包去集合地报到。打背包最难，背包要在最快的时间扎紧实，三横两竖，无论怎样蹦跳不可走样。紧急集合就是要看哪个班动作最快、最利落，大家都咬着牙互相比拼，生怕扯了班级后腿。集合完毕后，往往还要越野跑步。半夜紧急集合的时候，有的人睡眼惺忪收拾好，一场越野下来，早已是丢盔弃甲，别提多么狼狈。唉，想想，真是既辛苦又好笑。

新兵还有一个特殊的任务，晚上要轮流站岗，所以我们夜里要注意听流动哨，哨子一响，就意味着要换岗了。我们经常会在睡梦中被带班员叫醒，"到点了，该你上岗了"。每当听到这"魔鬼般"的话语时，换岗的战士就要毫不犹豫地迅速起床，穿戴整齐后顶着寒风奔向哨位。

哨位在海边，离营区较远，在漆黑的夜里站岗，听着不远处海浪咆哮的声音，人有种被海包围的错觉，似乎

兵商情

就站在海底,天空云彩压得极低,既像怪异的山石,又像移动的大鱼。说实话,这种环境下,一个人站岗,绝对是害怕的。毕竟人的胆量不是与生俱来的,军人也一样。当年的我们都是年轻小子,说不害怕是假话。但怕也要去,大家都知道军人是以服从命令为天职的,既然选择了军人这个职业,就必须学会服从,无论愿不愿意,一个士兵都要做到令行禁止、不可擅离职守。尤其对岗位上的哨兵来说,更是如此,如果没有下一班的哨兵来换岗,上一班的哨兵会一直在岗位上坚守下去。战友们都明白这些道理,所以每到自己的上岗时间,都会自觉地按时上岗。

不过仍然有人会在站岗时崩溃,记得我有位同乡战友夜间站岗时,由于害怕再加上想家,受不住哭了鼻子,大家得知后都纷纷来为他鼓劲,班长还专门找他谈心,做思想工作。在大家的鼓励和帮助下,这位战友很快重新振作起来。站岗确实锻炼了我们的意志,培养了我们的胆量,增强了我们的勇气。到后来再站岗的时候,我们已经不再害怕,反而觉得自己为了祖国和人民站岗放哨而感到无上光荣。

艰苦严格的训练,让我们的肤色也渐渐像班长一样深了起来,脚底板上早已起了几个大泡,大家都瘦了不止一圈。终于在两个月后,我们在军队大堂里,听到营长对我们说:"你们要下连队了!"

新兵下连队之前合照(一排左一为我)

兵商情

军装里的棉背心

军装不仅是军服,也是部队重要装备,是构成战斗力的物质基础之一。新中国成立70年,人民解放军的军装由简易到正规,由单一到系列化、多功能,越来越符合中国军人的气质,体现着人民解放军威武之师、文明之师的形象。我在有生之年虽然有幸赶上过6次换装,但看到如今的现役军人配发的配套完善、美观大方的军装,还是十分羡慕。

羡慕之时不忘当年。我们人民军队在诞生之初,是没有属于自己的军装的,直到1929年3月14日,中国工农红军第四军入闽打了胜仗,接收了当地军阀郭凤鸣的一个军服厂,经批准做了4000套军装,红四军才第一次穿上自己的军装,士气大增。以后的八路军、新四军、人民解放军随着革命形势发展,军装样式和质量有所改善,但直到中华

第二章　军营芳华

人民共和国成立前,解放军的军装仍是土布做的,颜色、款式不尽相同。淮海战役时,指战员们两个多月没有脱过衣服睡觉,没洗过澡,就连高级指挥员身上都长了虱子,但大家不惧环境艰苦,戏称虱子为"革命虫"。

我的故乡是革命老区,父亲晓得部队生活艰苦,我当兵离家时,他请村里的裁缝连夜给我做了一件小棉背心。母亲对我说:"你一个娃儿,因为家里穷个子没发育高,公家发的军装可能不合身,冬天有件小棉背心,穿在里头会暖和得多。"我试穿后觉得有些宽松,母亲说我身体还要长,去了部队,身体也能越来越壮实,待到明年穿,棉背心就正合身了。到部队的第一个冬天,我们就冒着寒风冷雨行军,身旁战友们冻得打哆嗦,而我却暖暖的。第二年春寒料峭时,赶上反"敌特",为加快演习训练行军速度甩掉敌人,首长命令大家丢弃棉军装。快速行军时还不觉得,一旦停下来大家便喊冷,都羡慕我有件棉背心。

近70年来,随着国家富强及军队建设的需要,人民解放军的军服换了一次又一次,我入伍时是布军装,到1988年授军衔时已穿上了毛料制服,但我还是最想念当年陪我度过"摸爬滚打"岁月的土布军装。

兵商情

争抢新兵

化州县跟之前的电白县一样,当年都还属于湛江地区管辖,现在属于茂名市下的县级市了。现在人们对化州最深的印象应该就是"橘红",我知道化州橘红的功用还是在自己的中医书上看到的。跟电白县滨海不同,化州不临海,东边临着鉴江。我在化州生活了将近八年,对此地颇有感情。

我来化州中队这边,还有一段有趣的故事。在新兵连时,连队干部都是高职低配,营职干部当新兵连的连长指导员。下连队分兵时,我竟然遇到了被争抢的事儿……

这还是得从新兵训练快结束说起,新兵连两个月的集训使我掌握了普通的军事常识,也懂得了做好革命军人的理想。训练结束时,我各项成绩优良,受连队嘉奖一次。我们连的指导员甘尧高和副连长廖传鸣是一个单位来的,连长是阳江来的,这三位领导当时都看中了我这个兵,为了争抢我,三人竟然在办公室吵了起来,最后是甘指导员和廖副连长吵赢了,将我分到了化州县中队,后来甘指导员跟我闲聊时说起这件事儿,还忍不住笑,他促狭地跟我说:"小周啊,你知道当年我为什么坚持要你过来吗?哈哈,因为你会理发啊!这样我头发长了,就有专门理发师啦!"我知道指导员这话多少有些玩笑的成分,当然,我会理发也是真的。

去到化州中队后,因为有些文化底子,做过大队赤脚医生,写文章不错,所以在中队也颇受领导重视,第二年我在中队就当选连队团支部副书记,还参加了广东省湛江军分区的先进团员代表大会受到表彰。1974年被选调团机关工作,1975年11月加入了中国共产党成为一名中共党员。

兵商情

三年一次探亲假

现在的人真是幸福了，当两年兵就可以退役，每年还有一次探亲假。我当兵时，三年休了一次探亲假。

1975年，当兵第三年，对于一个战士来说，这时候正是退伍还是提干的关键时期。我那时候在机关当打字员，每月拿八元钱的津贴，除了买日常用品和医学书籍外，基本所剩无几。那个冬天，我收到一封家里来的电报。电报里说母亲病重，让我速回家探望。我看到电报的一刹那就呆住了，什么都没多想，赶紧拿着电报给当时甘尧高科长看，甘科长就是当年抢我进化州中队的，我的新兵连指导员。甘科长常常跟别人介绍我是"他拍着桌子抢来的兵"，几年来工作和生活上一直很照顾我。甘科长看了电报后，马上同意批了我十五天的假期去探视母亲。

由于事情来得太突然，我整个人都不在状态，在办

第二章 军营芳华

公室里没了魂儿。甘科长批了我的假后,看着我魂不守舍的样子,没说什么,只拨打电话给小车司机文永和,叫他来他里拿钱去买火车票。打完电话,甘科长才命令我让我马上回宿舍准备行李,尽早回家。我方从混沌中惊醒,忙跑回宿舍。等我收拾得差不多时,文师傅已经买了票回来,他来宿舍找到我,让我去院子里跟小车,他送我去火车站。我没来得及客气便匆匆跟他走,在车旁,甘科长还有部队里张干事和吴参谋等着。甘科长远远就叫我,待我走近,他塞给我两瓶炼乳,一瓶麦乳精还有20元,我说什么也不肯要他的钱。甘科长脸一板,说:"小周!我知道你不贪这钱,但这20块不是给你个人的,是让你带回去孝顺母亲,一个军人在外守护好祖国,在家就要守护好自己的父母。你拿好东西,代我向家里人问好,好好陪陪你母亲,要让她早日康复。这是你这次休假的首要任务!工作的事情我来扛着,你如果有特殊情况直接给我打电话。"我听后,感动得无以复加,加上担心母亲心急如焚,慌慌张张地坐上车,就这样踏上了回家的路。

时隔三年,火车终于将我带回了岳阳站,我的家乡。一下车,天在下大雪,而我由于走得匆忙,身上只穿了单军装。我忙跑到车站对面的旅店,先住下,然后向服务员借衣服,也许看我是军人,服务人员二话没说,就借了我

一件毛衣还有棉大衣,借条都不要我写,只说你返回部队时带给我们就好了。我人还没有到家,已经有这么多人用善良让我感受到了如家般的温暖。

最终,母亲经过医院精心救治,身体慢慢好转起来,在她基本康复后,我按期返回了部队。销假时,甘科长还不忘问我母亲身体状况,并嘱咐我拿车票去报销。我提到用下月津贴归还他那20块钱的事儿时,甘科长却说钱不用还了,让我踏实工作就好。

跟吴参谋合影(拍摄于1975年)

第二章 军营芳华

后来甘科长当上了部队的政委,我打心眼里为他高兴,当年正是他对我们这些年轻军人无微不至的照顾、信任和提拔,让我们真心实意地将部队当作自己另一个家。

探亲时和兄弟、侄女合照

兵商情

贴在床头的誓言

那次探亲假,让我时隔三年后,再一次回到了家乡。起先我是十分兴奋期待的,但这种情绪很快就被现实打击得无影无踪。母亲在华容县医院里住着,病床上的她比我记忆中更加瘦小虚弱,人都这样子,仍然每天为自己治病的花费苦恼不已。我和兄弟姐姐都尽可能地安慰她,但仍无法抵挡老人每日的叹息。中间我抽出身来看了看家里新房子,看到家人过的日子仍是艰苦贫穷的,新房子虽比老屋宽敞一些,但是由于母亲的身体,父亲的老迈,家里仍透露些杂乱紧张的意思。我的两个弟弟都是上学的年纪,每年的学费都够家里愁上一段时间。看到这个境况,我自己在心中立下誓言,一定要奋发努力,在外闯出点名堂来。我在部队的津贴,除了买书便都寄回家,军裤、解放鞋、背心、袜子都省着穿,发下来新的,我总先寄回家,让弟弟们穿旧了再寄回来。

那时养成的珍惜一针一线的习惯后来也一直跟随着我,记得后来在军校读书时,放假前我的一只袜子掉在冲凉间,休完假回校后,偶然在冲凉间发现了这只丢的袜子,我欣喜地将它捡回来,洗净了配上原保存的那只袜子,继续穿。现在这双蓝色的呢绒袜仍然被我保留着,虽然后跟都磨破了,但我还是珍惜这双袜子,它提醒着我一生都要保持勤俭节约。

所以回到部队后,我更加努力工作和学习。那会儿,周菊明钻研医书在部队可是出了名的。1975年,当时很多清扫出的私藏古籍都被当废品收购。旧书收购处一度是我流连忘返的地方,那时我最宝贝的两本书:一本李时珍的《本草纲目》,一本《菜根谭》,都是在旧书收购处得来的。记得就是一次普通闲逛,我习惯性地去旧书收购处淘书,看见有这两本,没犹豫就掏出身上所有的钱买了下来,回宿舍后一个人关起门来如饥似渴地读起来,不知不觉到了深夜。同宿舍战友看到,习以为常地打趣两句便各干各的去了。部队里最好的一点就是,没有半夜因为心疼灯油的父亲来强制吹灭夜里光亮,我可以恣意看书了。

我的学习直接体现在了工作上,做卫生员的时候帮不少战友和领导做诊治,解决了不少难题,也因此赢得了好

评。命运的女神也终于开始眷顾我,一天,政委叫我到他办公室谈话,我起初听到还有些紧张,想着莫不是犯了什么错误要被批评,心情忐忑地走到政委办公室。政委见到我,招呼我坐下,隔着办公桌,他对我说:"小周,你平日工作态度认真,也积极学习知识,组织决定给你提干当政工干事,这个决定就快宣布了。组织特地派我做代表和你谈话。"政委的一番话,让我久久以来一直悬着的心落了地。天知道那个时代,一个普通士兵提干是多么让人憧憬,这证明我在部队这些年的努力有了成果,付出得到了承认,也预示着我终于可以有一个稳妥、光明的未来。

政委对我说的话,充满了组织对我的信任,我感动也欣慰,当时我心中还有另一个梦想,我认为面对组织,我应该保持一个战士该有的诚实,我向政委说:"感谢政委和组织多年的培养、教育和关心,我在部队学到了很多,也成长了很多。我是一名普通卫生员,一直以来,看病救人是我的职责,也是我的梦想,现在,我想以个人梦想来服务我的部队,希望组织给我这样一个机会。"我话说完,政委沉默了一会儿,才说:"小周,我现在不能立刻答复你,这个事情我们要开党委会做研究讨论,然后上报军分区,批下来后再做决定。"听了政委的答复,我心又一次悬了起来,不知道自己说这番话会对自己未来起到什么样的作用,但同时,我也觉得坦然,至少我把自己心中所想说了出来。

三天后,我接到通知,组织要送我去化州县人民医院进修。我简直不敢相信,兴高采烈地收拾行囊便奔赴医院,与此同时,我在部队提干的通知也很快下来了,我成了一名解放军军官。自那之后,我一个月的工资一下涨到了54.5元人民币(含两元粮差补助),因为我一直在医院,直到提干半年后某次归队我才得知,第一次领工资一下子就领了300多元,这笔款对我来说绝对算是意料之外的高收入。发了工资后,我便买了两筐水果和大前门香烟在部队请了次客,基本将认识的人都请了一个遍,总共也才花了20多元。部队有领导笑我,说:"小周啊,你这一领工资就是将军级别了!"话虽夸张,但也不假,毕竟当时南下的师职干部工资每月才100多元。我笑答:"这都是领导培育的结果嘛,我永远都是你们的勤务员!"

回到宿舍,我将床头贴的那张"奋"字撕掉了,我感觉自己不再是那个一心为养家糊口而刻苦的农村青年,我的志向从家庭走向了更为宽广的天地间,我的表面虽没有什么变化,但我知道,我的内心却开始编织一个更为遥远、更为宏大的梦。

兵商情

进 修

  1976年开始,我先后到湛江市地区人民医院和化州县(现改为市)人民医院进修,总历时四年半。这个时间,恰好是一届大学的周期,没想到,我竟在自己二十四岁的时光里,以这种方式完成了我的"大学"。四年半转眼即逝,回想起来,我在医院进修的岁月里,不仅积累了专业知识、开阔了视野,还意外获得了一份美好的感情。

  虽然我自从卫校学习后,一直行使着一些医生的职责,在部队也一直做着卫生员的工作,但同时我深感自己还有不足。正式进修的这段时间,我有机会好好地补补课,每天都感受到前所未有的充盈,那段时间的努力使我在临床诊疗方面打下了扎实的基础。

  四年半的时间,医院里的医生都是我的老师,他们的行事、教学各具风格,但有一点相同,就是都富有临床经验。我每天浸在医院里面，没有规定自己必须专攻哪个方向，反倒各个科的技术和知识都学到一些。

内科方面，我能熟练对常见病、多发病进行诊断与治疗，特别是对心肌梗死，脑血管意外能及早准确定性定位并能有效针对用药治疗。曾经成功救治广西南宁军区司令员陈广壁的前下壁后壁心肌梗死。后来在部队考核时，我还指挥诊断救治心肌梗死病人并取得不错的成绩。能熟练操作心包穿刺、胸腔穿刺、腹腔穿刺、腰椎穿刺、骨穿等各种穿刺。

普通外科方面：能熟练掌握普通外科急腹症的鉴别诊断，能主刀做胃大切手术、阑尾切除术、肠吻合、疝气修补术、气管切开与静脉切开术等急救手术。

急诊科方面：能熟练掌握心跳、呼吸骤停的复苏救治，有机磷农药中毒的抢救，心肌梗死的早期心电图诊断等。

中医方面：能运用中医中药诊治常见病多发病例如小儿支管肺炎麻疹等，大叶性肺炎、胆囊炎、胆石症、阑尾炎、脑中风等。

学得全面这一点，让我非常适合待在部队。1979年对越自卫反击战前，部队专门开展了野战外科集训，我当时受推荐和广西一八一医院（现改名九四二医院）的一位老

兵商情

外科主任展示气管切开、肠吻合等手术,受到了指战员的赞扬。

  战争打响后,我受中国人民解放军总后勤部卫生部和广州军区后勤部卫生部的指派到湛江一九六医院协助搞治疗四肢火器伤合并气性坏疽的研治工作。一九六医院一直是有着革命光荣传统的医院,在历史上承担了多次重大战役的医疗救护任务,我当时在那里研究的成果帮助了不少战友,他们在战场上被化学地雷炸伤,人在越南的深部山区里被发现,送来医院时,伤口都溃烂了。这种伤情很多,伤员伤口都有不同程度的厌氧杆菌感染,我治疗的时候,也同时做研究,得到了一些成果,后来也受到部队通报表扬。

第二章 军营芳华

爱情路上的插曲

假如人生是朵花,那爱便是花蜜。

——法国谚语

任谁在年轻的时候,都会经历一段春风沉醉的时光。我自然不能免俗,在化州县人民医院,我遇到了她,十分幸运,她后来成了我的爱人。

在医院进修,是我人生最繁忙充实和快乐的时光之一。在部队做了几年卫生员之后,我深感自己本身医学知识的匮乏和技术上的不足,所以踏入医院大门的我,就像一块期待着水分的海绵,每天不断地用力汲取着所有我能接触的知识。每天都有收获的感觉让我感到满足、振奋。由于我的热情和勤奋,个人治疗技术的进步也是肉眼可见的。如一些穿刺术,我都掌握得非常熟练。心包穿刺术一

兵商情

般只准医院的主治医生以上的医师来做,而负责带我的老主任很信任我,一有机会,便会让我实施操作,他在旁指导。我这个人胆大心细,所以基本完成得都很好。后来,老主任完全放心我的技术,便经常让我给来医院的实习生做此类手术的操作示范。

我这个部队里的小军医就这样在县医院里,给那些来此地实习的大学生当起了示范指导。由于年纪差不多,他们这些实习生对我这个"小老师"很是友好,我们建立了既是师生又是朋友的关系。就是在他们中间,我的爱人——源源和我相识了,她就这样逐渐步入我的生命。

我和源源的感情发展一开始并没有小说里的轰轰烈烈,要说起来,这怪我当时太过迟钝。刚去医院学习的那段时间,我脑子都被学习填满了。上班在医院的时候忙于学实际操作,下班了以后就在宿舍里温书,学习理论知识。我鲜少跟人出去休闲,就更别提花前月下的浪漫心思了。说来惭愧,由于那时的我实在太过"书呆子",偶尔县医院的护士买张电影票说要请我看电影,我都以各种理由回绝了对方。而对源源,起初我只觉得她是个端庄、亲切、值得尊敬的朋友,除了珍惜我们的友情外,我并不敢有其他想法。在医院时,我们交流医学技术,下班就各自回宿舍。我习惯了这种亲密但又有距离的朋友关系,也享

第二章 军营芳华

受着这段时光,时间一日一日过去,直到源源实习快结束,她要回学院考试了⋯⋯

源源提前告诉了我回校的时间,眼看离别的日子渐渐近了,我的心里酸楚不舍的感觉日益加重,而我还没有明白那意味着什么。唉!恼人的青春,年轻的心智总是那样傻!终于到了分别的日子,我们这些医师在医院的门口与实习生们告别,看着他们一个个熟悉的面庞,我知道他们要结束学生的生活,迎来职业生涯。我应该祝福他们,可是心底却怎么也高兴不起来。

源源走前给了我几张她的照片,我们互相留下联系地址相约写信联系。回到办公室,我将源源的照片和她的地址郑重地珍藏在我随身的笔记本里,像珍藏我们这段诚挚的友谊。源源走了,也带走了往日的热闹与充实,我突然觉得眼前和耳边世界那么安静,这安静,是那样让人惆怅⋯⋯

源源考试完很快就分配到了韶关乐昌第二人民医院当内科医师,她写信告诉了我这个消息。我收到信的时候,是那样雀跃!我捧着信封,人几乎要跳起来。我将那封信看了又看,读了又读,恨不得将每一个字刻在心里,读完一遍,我的眼睛便又回到信的开头,再读下一遍,这样循环好久,仿佛中了魔法。从那以后,我们当起了笔友。少

兵商情

年情怀总是诗，我们在信里交谈各自的人生、奋斗的目标、人生理想和个人的家庭情况。我每天的生活突然又多了一个内容，这多出的部分是那样温柔甜蜜，就这样，在信里两个年轻人的心越来越近，不久后，我和源源自然而然建立了恋爱关系。

就在我沉浸在个人的幸福中时，我们的感情中间却出现了一个小小的插曲。当时我们医院还有个女孩子——小张，小张父母都是南下的干部，她是独生女。小张为人直爽开朗，在医院里人缘极好，她和源源以及源源的同学都很熟悉，都是打成一片的朋友。可能看我人老实，又肯学，年龄也适合，小张的父母便有意让我们交往。而当时沉浸在幸福中的我，便被动地处于尴尬的境地。由于小张的父母都在化州，而他们那样热情心善，看我一个外地的年轻人独自在这里学习，便偶尔邀请我去家里吃饭，我准备了很多理由，一次次地拒绝了，却仍没能阻止老人的好心。为此，我心里十分过意不去，而又不知如何是好，我就这样左右为难着，直到一件意料之外的事情发生。

那是一个夜晚，我正在宿舍看书，突然传来敲门声，我起身去开门，没承想门外站着的，正是小张和她的母亲！她慈爱地看着我，矮小的身子还带着夜晚的凉意，让我一瞬间想到了自己的母亲，我赶紧把老人请了进来。

第二章 军营芳华

小张和她的母亲进来我的宿舍,左右打量一下后,便开始问候我平日里生活如何,是否劳累,我一一作答后,她便开门见山地说明了来意。

"小周啊,我也不跟你绕弯子啦,小张你们也都熟悉,她是个娇生惯养的孩子,脾气直爽,心地是非常善良的,你的优秀,小张都看在眼里,我们这些老人也都看在眼里,你和小张年纪相仿,也都不小啦,你一人在这个陌生的地方,举目无亲的,尽早成个家,生活和工作上都应该有个照应了。"

阿姨的一番话应是在脑海里过了许多回,此时在我面前一股脑地说了出来,她话语朴素,却极为真诚,她说话时慈爱的神态,让我心里感到温暖。是啊,自20岁便离家当兵,在部队,我认识了战友、上级;来到化州县人民医院,我认识了不少同事和老师,他们或友善,或严厉,或和蔼,但很少有这样一位母亲一般的女性,慈爱地看着我,温柔地与我谈话。我看着眼前这位物资局长是小张的母亲,她让我开始无比怀念自己的母亲,她的话语击中了我心底最深的孤独,一时间,我人虽坐在宿舍自己的凳子上,思绪却乘风回到了千里外的家乡。一直以来,我坚定地履行着一个军人的职责,同时努力学习着让自己成为出色的医师,而忽略了自己的人生规划,我确实离开家庭太

兵商情

久了。我一时恍惚起来。眼前的妇女，举手投足都显示着良好的修养，她的穿着得体大方，也显示着家庭的富足。啊！我的母亲，我的母亲不曾穿过这样精良的服装，我的母亲只有粗布但整洁的衣裳，她的手也因做了一辈子的活而变得粗糙。还有源源，源源的来信就在我书桌的抽屉里，每一封都被我保存起来，那里面有着我们计划的未来，有着我们诚挚的感情。

我的家乡和源源的信让我清醒过来，面对着小张母亲，我最终礼貌地讲述了自己的家庭、自己的情况以及我对未来妻子的要求，我的心里因为装着家人和源源，开始强大起来。最终，小张和她母亲离开了，看着小张母亲的背影，我的心终于放了下来。

本以为事情到这里就结束了，但没想到，几天后，化州武装部车部长找到我，问我："小周，你是不是已经有心仪的对象了？"我十分惊讶："车部长，这事您怎么知道的？！"车部长大大咧咧地笑了："小子！我要是不知道你们这些事儿，还当什么领导啊！"他粗声粗气地说完，又降低音量跟我悄声说："小黄是个不错的同志，我的秘书找她看过病，说她是好样的！"说着，他还比了比大拇指给我，接着，他又说："小张的父母跟我们都是南下干部，我也认识小张，小张的母亲请我的爱人为小张和你做介绍，不过，我这关没通过。也没办法。"心仪的对象有了领导的赞赏，我心里别提多高兴了。

小张的这段插曲，随着领导对我和源源的肯定与支持，总算结束了。而我和源源也到了谈婚论嫁的阶段。之前在信里，我表明了我家祖祖辈辈是农民，当时家境贫寒，父母年岁已高。我记得自己在信里说，家里除了有吃饭的筷子其他什么都没有。而源源呢，她在回信里告诉我说彼此彼此！哈哈！多么好的女子！

兵商情

患难夫妻亲密战友

茫茫人海中我看到了你,你遇到了我,这便是人世间最美妙、最真挚的馈赠。人与人之间相遇,有一种只是谋面而过,有一种则轰轰烈烈、喜忧参半,还有一种,在生活中相濡以沫。我和妻子相守大半辈子,两个人如两条河流凝汇,缓缓浸入对方的生活与灵魂世界,成就了彼此的生命,建造了一个家庭。

我的妻子源源,广东乐昌人,身材高挑,性情温和,通情达理。不管是年轻时刚刚遇见她,还是如今执手望斜阳,她在我心里,永远是最美,永远是我人生中的亲密恋人、知心朋友和患难战友。她为我养育了一双健康、聪明、懂事的儿女,她成全家庭的同时,工作仍十分出色,我们风雨同舟,转眼已42载。

许多熟悉我妻子的同事、战友,都对源源有着很高的评价。一次聚会，天河区委组织部一位老领导在饭桌上跟我说："你老婆真是个难得的人才！凭她的能力素质，完全不只当一个区卫生局局长就可以止步的。她工作能力强，觉悟高，在处事的高度和胸怀上，算个女中豪杰。"领导看人老辣，源源吸引我的恰恰是她的朴实善良和豁达。

1979年上半年，我已经是连职干部，源源25岁，我27岁，在那个年代我俩都算是大龄青年，该认真考虑终身大事了。部队干部谈婚论嫁必须先向组织报告。团组织部门要向女方单位发调查信，了解女方个人工作表现，是否有犯过错误受处分，等等。调函内容包括问询女方身体状况、家庭成分（年代原因，地主富农出身是不可以建立军婚的），同时函里也附有男方基本情况。调查信发去一段时间后，得到了女方单位的调查回复：她出身贫农，父亲基层干部，没有"地、富、反、右"及敌特情况，完全符合军婚条件。部队组织上把调查情况告诉了我，并同意我们建立家庭。我把情况反馈给源源知道，两方都算放心了，结婚也就提上了日程。关于我们的婚礼，我们在筹办前，都跟家里去了信，让双方父母不要为我们的婚事操心花钱，一切由我们自己处理好。我俩的婚礼非常朴素，1979年12月19日，源源来我部队准备结婚，我呆呆的，什

么都没有准备，还得先向管干部的副政委报告。后来，陈东正副政委亲自安排所有事宜，他发动了整个机关相关干部甚至还有部分领导家属，来帮我们布置新房。看着呆立在旁的两个新人，陈副政委催促我们："你俩赶紧到民政部门去登记！"我和源源这才急急忙忙去照相馆拍结婚照，去附近城关镇办理婚姻登记。

等我们忙完回到部队，我的房间已经焕然一新了。陈副政委亲自帮我把宿舍的单人床换成双人大床，他一钉一钉地把床板钉得平平整整的。陈副政委的爱人送来刚刚买的痰盂、煤油炉、菜刀、砧板等日常用品，县委书记、第一政委关振生书记的家人把买来的崭新的花布窗帘穿上铁丝线，挂在房间窗户上。军事科吴应征参谋、政工科刘干事、小车司机文永和，一起去采购婚礼上的糖果、香烟、水果、瓜子、茶叶等物品，厨房几位老厨师从自己地里摘来花生，炒了两大箩筐，大家都高兴忙碌着，像是一大家子一样，热闹非凡。

晚饭后大约六点半，办公楼二楼会议室里挤得满满的，都是军政与后勤领导、参谋、干事助理员和他们家属，会议桌上放满了糖烟水果瓜子花生和茶水，由陈东正副政委主持，县委常委孙继范政委做证婚人，为我和源源举办结婚仪式。别看仪式简单，但十足的热闹，大家围着会议桌，笑着闹着打趣着，随军小娃娃们遍地跑，不时在桌上抓一把糖果或瓜子，气氛简直像是过年。

结婚仪式结束后，军政首长、党委几位领导和家属送我们回了自己的小家（也就是我的宿舍）。后勤科科长张树珊用两个大铁桶提着满满的香烟、糖和瓜果，送到了我们的新房里，嘱咐我们这个是接待来道喜的客人用的。我们人生的大喜事，就在整个机关的关心繁忙中办好了。已经成为我妻子的源源高兴地"表扬"我说，办这么高规格这么隆重的婚礼超出她的预期，也侧面说明了我的工作、人品还有人缘都不错。我的部队用最质朴的方式，帮助我促成了这段美好的姻缘。忙碌完一整天后，我和源源在桌上给家里写起了信，现在我们是一对甜蜜的夫妻，并且在部队里完成了幸福的婚礼，我们迫不及待地要让家里人分享我们的喜悦了。

次日，我们夫妻俩开始挨家去送喜糖喜烟，同时结算办婚礼所有的开销，结果那些帮忙的干部家属怎么都不肯收钱，说就当沾我俩的喜气，部队有喜事儿，他们高兴还来不及呢。我和源源没法子，便找到后勤科说结算的事儿，张科长见了我们就知道来意，说几个司政后党委的领导都反复交代，这场婚礼不要收小周的钱。张科长还细心叮嘱伙房两位老师傅，说小周身体瘦弱，刚成家要顾的事

兵商情

情很多,平日买菜多给小周点瘦肉。我感动得不知说什么好,部队对我们这对夫妻的关怀体现在方方面面,新婚期间,县委书记第一政委关政委和孙政委的家人在驻地电影院工作,每日都会留两张电影票给我,让我们可以看看电影,浪漫一把。

  我在部队这场自己没花一分钱的婚礼,是我终生难以忘怀的,我真真切切地体会到了革命大熔炉里那真诚纯朴的感情,从此,我更加努力地干好本职工作来报答部队,感恩战友。我1981年5月1日被调到了广州军区54446部队工作时,我真舍不得离开这个老单位和一帮亲如兄弟的战友,那场面真是难分难舍,几十年后的今天想起来,依然热泪盈眶,历历在目。

第二章 军营芳华

干部的人情味

1977年,我曾陪同陈东正副政委和湛江地委组织部部长徐少先同志到化州县护城公社博龙大队蹲点。那时候当干部的每年都要抽出部分时间来深入实际生活,蹲点包队,跟群众一起同吃同住同劳动。徐部长是南下干部,北方人,性子急,敢说敢干。我当时刚刚提干不久,工作积极肯干,深得徐部长与陈副政委的喜爱。

蹲点期间,工作组需要每半个月向县与地委农村工作部提交所在处情况的书面报告。情况报告一般由我先拟稿,第二天一早直接呈给徐部长审阅和签发,有时候为了完成书面报告,少不了要挑灯夜战、精心准备一番。我文笔不错,人也勤快,每次情况报告都能写到点子上,在处理一些棘手问题上,也有自己的看法、想法和办法,因此深得徐部长赏识。

兵商情

徐部长性子虽然急,但其实内心十分热情善良,我们两人脾性相仿,做事也投缘。记得一次,有群众反映博龙大队一个干部分配不均,以权谋私。徐部长得知后自然十分恼火,立刻把人叫来劈头盖脸一通狠批。工作组了解情况后决定严肃处理这个干部,徐部长却说让我先找这个干部谈谈。于是我去找这个干部,通过谈话我了解到,这犯错的干部出生在一个大家庭,家里条件不好,是亲戚们从小把他视为己出,关照他的生活、学习和工作,所以他在大队有了官职以后,在队里分配布票、粮食时就稍做了些倾斜,这个干部被徐部长批评过之后,几次保证自己深刻认识到所犯的错误,并且一定赔偿给队里损失,同时在大会上做深刻的检讨。我回到工作队将了解的情况给徐部长等领导做了如实汇报。一些领导听后要降这个书记三级职务一并撤职,徐部长在旁沉默许久,突然微笑着问我:"小周同志,你的意见呢?"

我说:"我们基层的村干部,很多生在农村、长在农村,他们文化有限,平时也缺乏学习,政治觉悟不够高,但党性还是有的。他们容易感情用事,譬如这次就犯了以权谋私的严重错误,通过批评教育后,他也深刻认识到自己所犯的错,态度比较端正,退赔也明确及时。我认为抱着挽救干部的干部政策,给他党内严重警告处分,免去他部分职务,退赔款项后在党员大会做检讨。这样处罚同时也能警示党员与领导干部不能搞特殊化。经过批评教育,这个干部在今后的工作中会加倍珍惜党和人民给予的权力与信任,不会再犯同样的错误。"徐部长听后笑了,同意了我的意见,还表扬我思想政治觉悟高,处事和能力水平成熟。

这个干部受到了深刻的批评教育后,意识到了自己的责任担当,于是加倍努力工作,多次受到地委领导和徐部长的表扬。我为他高兴,我俩从那次结识,一直到现在都是朋友。在这件事情上,我其实有自己的感慨,干部是人民的干部,也是从人民中来,他们在工作中,或多或少会受自己成长经历、教育背景的限制,我想徐部长也是看到这个同志的某些无可奈何,才会想到网开一面吧。这就是我和徐部长相似的地方。

后来,徐部长率领的地委工作组撤回湛江,临走时他拉着我的手难分难舍。回去之后,我们也保持着联系,有时去湛江出差,也常拎点化州的土特产去看部长和阿姨,我们像亲戚一样走动了很多年。有一次,徐部长专程到化州,在招待所找我谈话,他认真对我讲,想要我转业到组织部工作,准备培养我去地委组织部组织干部科,因我当时还是很希望留在军队发展,便谢绝了徐部长的美意。

兵商情

我结婚后,我爱人源源一直在粤北韶关乐昌市第二人民医院工作,我们长期两地分居,工作生活十分不便。女儿周英在韶关乐昌出生后,妻子更是分身乏术,我也是经常粤西粤北两头跑,身体受不了,经济困难,还耽误了不少工作。徐部长和阿姨得知这个情况后,很生气地埋怨我,说:"小周啊,平日里你战友们有难题,你都来找我出出主意帮帮忙,你自己老婆孩子的事你就不管啊,孩子还小,你们现在两地分居,又影响工作,你怎么从不跟我提呢?"我低着头给徐部长解释道:"我还年轻资历浅,入党提干时间不长,再说还有那么多老革命老同志,他们谁没有家庭困难,我作为一个新同志,怎么好意思为了我个人的事,动不动向您和组织开口呀……"徐部长听后,只拿手指点点我,摇头不说话。

最终,好心的徐部长还是关照了我,我爱人从乐昌市第二人民医院调到了湛江市人民医院工作,后来,又到了硇洲岛上粤西部队驻地的镇中心卫生院工作。由于我爱人工作能力强,很快就考上了主治医师,由于工作表现突出,很快被组织任命为中心卫生院院长,徐部长听了很开心地对书记镇长们说:"周菊明同志金屋藏娇啊,我给你们挖了一个军嫂人才来加强基层医疗建设。"

第二章　军营芳华

硇洲岛

从1981年上硇洲岛时，我所在的54446部队属广州军区守备三团，几年后整编为守备营，到1991年调离海岛，在这座海岛上，我整整工作了10年。我的儿子周强在那里出生，女儿周英在那里读书生活长大，我的妻子在海岛小镇的中心卫生院里学习工作，为了更好地守卫祖国的南大门，我们全家在这个远离大陆的海岛生活战斗了10个春秋。

硇洲岛是一座由海底火山爆发形成的海岛，海岛面积约56平方公里，也是中国第一大火山岛，孤悬海上的岛屿布满黑色的火山石，那些形状各异、星罗棋布的石头，在蓝天和海水的衬托下，黑色显得更为坚毅，海水显得更为磅礴，我总爱凝望着硇洲岛的碧海玄石，海风中忘记所有的感官与思想，只沉浸在一种强大的静寂之中。

兵商情

因为远离陆地,硇洲岛像是被遗忘的一处世外桃源,岛内可见的土地之上被南国阔叶植物覆盖。黑沙滩边,乱石滩外,则是浩瀚的大海,目及之外便是太平洋,海水清澈透明,阳光下海浪慵懒地拍着奇诡的黑色礁石,不远处渔民的渔船星星点点在海里摇曳着,跟浪起伏,和风而舞,时间逐渐凝固。

我们在硇洲岛上时,海岛条件还是比较艰苦的,生活相对单调。我和妻子工作都忙,我当时开了一个对外手术门诊部,专做老年性白内障晶体挽出术和扁桃体摘除术,每周六日都有人前来问诊。在硇洲岛十年间,我共做白内障手术5000多,手术成功率百分之百。有人从湛江市和徐闻等地方慕名而来做手术。而那时女儿周英年幼,妻子一个人忙完家里,还要忙工作。后来夫人的妹妹来岛上帮带小孩,但是岛上环境艰苦,孩子的小姨待了段时间便回了家,我们日子眼见着又手忙脚乱起来,爸妈听闻后,便放下老家的农活赶来岛上帮带孩子,并把他们自己的屈指可数的积蓄都补贴了我们的生活。

当时我还是个营职干部,每个月工资72元钱,夫人每个月工资48元钱,养活三口这样的小家不是问题,但我那时还要还大哥欠款,紧接着我又被派送到军校学习,一学就是三年,除去还债还有军校的部分开销,我们岛上几口人的生活就稍嫌紧巴，因此，小英自小没有喝过奶粉，断了母乳后，基本就吃一些粥样的流食了。除了经济紧张外，我离家在外，源源在工作繁忙之余还要照顾年幼的女儿，终于，妻子坚持不住累倒了，住进了湛江医学院附属医院。

我还记得那时我在北京，老战友老程来京开会，给我捎来妻子做的辣椒酱和带鱼肉，他见到我后跟我说，源源带着孩子上班，一天来回好几趟，晚上把孩子哄睡了再做家务。一个人带孩子工作，自己在医院还有很多工作，累坏了。刚结婚时，源源还有点婴儿肥，整个人圆润可爱，可三年工夫，她脸色染上了疲累的黄气，颧骨也高起来了。末了，老程风趣地说："源源带的哪里是一个孩子，小的是女儿，大的是你，不冤枉吧？"老程说的是笑话，可我的眼眶竟热了，怕掉下眼泪，我转过身。过了好多年，我还老想起老程说的那句打趣的话，当军人妻子真不容易啊。于是，我不放过任何一个为妻子服务的机会，只要一有时间，总是帮着妻子忙里忙外，让她享受一个军人的忠诚与炽热。

现在回想起来，我是真心疼家人啊，也多亏我的父母，常年艰苦的生活让我的父母无论在怎样的环境中，都能适应下来，并且很好地生活下去。他们在硇洲岛时，在

兵商情

军营周围开辟了一些地方,简单种起了蔬菜和香蕉,后来竟然还养了几只鸡来补足日常生活所需。

想来真是神奇,我的父母竟然在远离家乡千里的海岛上,开垦出了像家乡一样的小菜园,像是一种魔法,他们所在之处,都能成为我们这些做儿女最心安的家!

离开军营多年,硇洲岛是我经常想起的地方,午夜梦回之时,朦胧中我仍能听到击打在礁石上的海浪声,以及那凉凉的海风。

海上的难民

前面提到过，对越自卫反击战打响后，我曾被派往湛江一九六医院救治伤员，当时目睹了很多从前线下来的伤员，这些年轻战友有着惊心动魄的经历。他们很多比当时的我还要小得多，但是已经开始用自己的意志和血肉之躯捍卫着祖国的安全与尊严。我虽没有上过战场，但是看他们的样子，也侧面领略了战场的残酷。我在硇洲岛工作最初几年，海上偶尔会看到有华侨的船只，他们被他国驱赶，迫不得已，驾驶着渔船向自己的祖国求助。

有力气逃难的都是些壮年的男女，他们跟随着洋流，凭着对家乡的依恋漂洋过海来到硇洲岛周围，被老百姓发现时，多数都虚弱不堪。当时我在部队里是领导，看到侨胞们凄楚的样子，我心里十分苦涩。对待他们，我能做的事情极其有限，只能交代自己领导的医务人员，遇到逃难

兵商情

归国的侨胞过来看病的,都积极给他看,给他药吃,如果对方经济上有难处,我们就不要钱。人在异国他乡有难时,才能真正感到来自祖国的温暖,岛上一些经营饭馆的老百姓对这些侨胞也十分友好,免费为他们提供每餐一碗面条。

有些侨胞受到祖国人民朴实热情的关爱,十分感动,有些经历过这些后留在了祖国,有些在离开之前留下了自己的联系方式,要跟我们保持联系。无论他们未来去哪儿,我们都记得各自的命运曾被血液中流淌的华夏精神紧紧联系起来。

第二章 军营芳华

距离十年的两次惊险

　　1975年夏天,我那时还在化州,广东省军区举行全省武装基干民兵尖子实弹射击比赛。当时化州县武装部抽调了三个人去给几个武装基干民兵尖子当教官,分别是冯、倪两位参谋,剩下那个就是我,训练他们射击技术。有一次,上级指派我和一个参谋帮民兵报靶。

　　部队射击的规则是一声长警哨声为准备射击,听到这个哨声,报靶员必须立即就位隐蔽好,持枪人听到连续短促的哨声时表示射击开始,当听到一短一长的哨声时,报靶员就要去坑道报靶。我报靶那一次是连发冲锋枪的射击,一声长哨过后,我就按规定蹲在靶前挖好的一个掩体的坑道里,但轮到一个女基干民兵射击时,也许她精神过于紧张,一短一长的哨声响后,本该停止射击,由坑道报靶员报靶,结果她听错了哨声,我刚一准备露头报靶时,

兵商情

　　三发子弹嗒嗒嗒打了过来，我当时一听声音不对劲，下意识迅速地缩回坑道，几乎与此同时，我感到子弹从我的头发上擦过打到了靶子边缘，我现在还记得当时鼻尖那股烧焦的味道。当时全场陷入了可怕的寂静，我想在场所有人估计都吓呆了。老天保佑，幸亏我直觉地缩回了坑道，要是慢上哪怕零点几秒，后果将不堪设想。此后很多年里，当时跟我一起参加那次打靶的战友见到我，还会提起那次报靶的惊险，我也是每每想起，都会后怕。

　　在部队里，惊险不仅仅出现在战场上，我们军人平日随时面临着风险，我自然也亲自或者听闻过很多。打靶那次是我亲身经历的比较难忘的，没想到十年后在硇洲岛上，我又一次目睹别人的历险时刻。

　　我记得时间大概是1985年3月的某一天，我们部队按照春训安排，组织官兵进行手榴弹实弹投掷训练，我们部队有个新兵小陈，由于是第一次投实弹，在投弹过程中心理可能过于紧张，由此发生了惊险的一幕。等到投掷信号结束后，他拉开了手中手榴弹的引线，但冒着浓烟的手榴弹脱手滑落到了他的身后！相信很多没当过兵的读者也知道，按常规来说手榴弹拉线后3.7秒就会爆炸，当时小陈的情况如不及时处置，后果将不堪设想。就在这千钧一发之际，在场的连长果断地弯腰捡起冒着烟的手榴弹向前方扔去，还没等落地，手榴弹已在空中爆炸！巨大的爆炸声和随之而来的烟雾弥漫在场地上！待一切归于宁静后，连长赶紧检查人员情况，万幸的是当时在场的3人都毫发未损，由于连长的果断处置，使惊险的一幕化险为夷。为此，连长荣立了三等功一次。

20多年军旅，这样舍生忘死、肝胆相照的场景我目睹了不止书中这两回。每一回，都会深深地震撼我的心灵，都会如火种一般，在我的心窝种下信念、信心和信仰。

铁打的营盘流水的兵

每当《送战友》这首真挚感人的歌曲在军营响起时,便意味着老兵要走了,新兵快要来了。我们战士们听到这首歌曲时,心里都有着说不出来的滋味。

铁打的营盘流水的兵,老兵们总要离开部队,相处已久的战友们总是要面对告别这一天。伴随着"送战友,踏征程,默默无语,两眼泪"的歌声,军营里又在准备一场送行活动,战友情,兄弟爱,送战友的场面真挚感人。战友们默默无语,相拥而泣。留下来的战友在心中为离队的老兵们祝福,真诚地祝福老兵们一路好运。

在我的军旅生涯中,不知送走了多少老兵,也不知迎来了多少新兵,迎新兵当然是开心的,而战友间话别的情景却让我一次次心碎。作为一名曾经的军人,我经常会想起自己离队时的情景。记得当年要告别军营,离开与自己

第二章 军营芳华

朝夕相处多年的战友时,也是难舍难分。大家都知道,这次一别不知何年何月才能相见,怕是多数战友都不可能再次相见了。当年使我记忆犹新的,是从越南战场上撤下来的那批战斗骨干离队,他们中多数都是班长,从战场回来后,都是准备提干的,但因为部队整编都没有提成。但他们并没有多说什么,反而要将在部队生活和训练中所学到的一些好的经验和做法毫不保留地传授给新兵战友们,并要发挥骨干作用,站好最后一班岗。

平日里,我们是亲密的战友,他们都把我当作自己亲大哥那样亲,把我的家当成他们的家。周末或节假日都要来家里聚聚,每次都要两桌以上。有时候,这帮弟兄,在我家亲手劈柴做饭,还帮我种了不少的菜和香蕉。他们退伍的时候,大家心里真是难受啊,昔日相伴的战友都抱着我哭得说不出话来。退伍后,他们第二年、第三年又回到部队来看望我们。

现如今,我也离开军营多年,老兵们的足迹遍及全国各地,大家在各行各业都能够看到老兵们的身影,他们在不同的工作岗位上继续发挥着老兵的中流砥柱的骨干作用。无论在机关、企业还是自谋职业,他们始终都没有忘记自己是军人,他们永葆军人本色,做到干一行爱一行,有一分热,发一分光。他们耿直豪爽的性格,雷厉风行、

兵商情

坚忍不拔的作风,开拓进取、刻苦耐劳、勇于奉献的精神令人敬佩。朋友们请相信,无论现在还是将来,中华人民共和国军人永远都是我们最可爱的人!他们永远都是人民的子弟兵。

把所学专业知识
服务军队和老百姓

不管是谁,特长都不是一种可供炫耀的资本。不过,当特长发掘出来并且运用得当的时候,我们的生命就会更加绚丽多彩。

我当兵前学过医,到部队填表时,在特长一栏里我写上了"医学"。从此,我把医学当兴趣爱好和特长来钻研。从字源学上讲,"趣"既有"趋"又有"取"的意思。因此,兴趣特长还得有取舍。于是我舍弃了许多纯娱乐的兴趣,把全部的精力投入钻研医学上来,有时甚至到了废寝忘食的地步。

在紧张而规律的军营生活,刻苦训练、努力学习,加上业余时间钻研医学,力所能及地帮战友解决一些常见病的防治,渐渐地忘了想家,自觉不自觉地把部队当成自

兵商情

己的家了。第一年，小个子的我通过自己努力刻苦的训练学习，受到部队指战员的认可，政治学习、军事考核除了投弹一门良好以外，其余各项全部优秀，还是连队队列小教员、副班长。新兵连结束时受连队嘉奖，下连队后年中评比考核受连队嘉奖，当年年终考核又受连队嘉奖。一年当中三次受嘉奖的战士在整个连队里只有我一个。我当选上了团委副书记。当年参加师里团代会，被师里评为优秀团员。于1974年被选调入团机关工作。由于在机关工作优秀，成绩突出，于1975年11月光荣地加入了中国共产党，成为一名正式的中国共产党党员。1976年由于表现突出，个人素质优秀，被任命为中国人民解放军军官，并送去地方医院进修学习和部队院校深造。

　　1979年在对越自卫反击战的战前训练时，我被挑选上台表演肠吻合、气管切开等战伤外科急救手术，并向当地地方医院任教战伤救护课一个月。战争打响后，受中国人民解放军总后勤部卫生部、军事医学科学院、广州军区后勤部卫生部的委派到一九六医院，参加火器伤、化学地雷炸伤的研治工作，成果突出，受到部队的通报表扬和嘉奖。战争结束后又被选送到部队院校学习。学习毕业分配到海岛边防54446部队工作后，我用所学知识全心全意地服务于海岛部队官兵和当地老百姓，并开设了部队对外门诊部，专门收治当地海岛医院不能解决的外科病人和脑血管意外的病人，如白内障等五官科手术。每周六、周日每天四台手术。手术成功率极高，积累下了不错的名声，到后来海岛外的患者也都到我们门诊部预约排队做手术。

我记得最清楚的是，一个脑血管意外的病人余某，在某大学附属医院CT检查诊断脑出血，三天昏迷不醒，已下病危通知书，其家属已准备好了后事。病人回家后棺材都做好了，病人家属抱着试一试的想法，请求我为病人治疗，经过我使用中西综合治疗五个多月，病基本治愈。病人康复后还可自行养鸭维生，为了答谢我的救命之恩，经常送鸡蛋、鸭蛋给我吃。此事传开后，要求来治疗脑中风和做白内障眼科手术的病人与四肢创伤病人不计其数。至我调离海岛时，我粗略算了算，我一共做手术5000多例。由此进一步加强了军民鱼水情关系，并受到了上级部队首长、海岛指战员与老百姓的高度赞扬，多次获得嘉奖并被评为优秀干部党员。

兵商情

首长蹲点

1990年秋天,广东省委常委、省军区司令员张巨惠少将带领司政后的各部领导和机关处以上干部,在湛江军分区司令员李汉林大校、政委麦冬富大校陪同下到我们部队蹲点,与战士们同吃同住同训练同劳动。

一个月蹲点工作快结束的时候,张巨惠司令员对李汉林司令员和麦冬富政委说:"我在你们部队蹲点一个月以来,全体指战员对周菊明同志的工作表现一致评价很好,我们想要调他到省军区工作,不知道你们军政领导有什么意见?"

麦政委说:"我早就想要调他去军分区工作,小周不太愿意,现在首长要调他去省军区工作,我们都同意!"

李司令员说:"首长能看中我们的干部,是我们部队的光荣,我们高兴都来不及呢!"

张司令员又对站在旁边的我说:"小周,你个人有什么想法吗?"

我人还没反应过来,下意识地回复道:"谢谢首长,我服从组织安排。"

过了没几天,广东省军区政治部刘副主任就把调令带来了我们部队,但过了几个月都没有通知我这件事,我后来才知道,当时部队都不舍得让我走,直到省军区多次来电、派人催促,终于在1991年刚过完春节的一次党委会上,领导通知我,要我尽快去广东省军区机关报到,说上面催得很紧,我只得先到省军区报到,几个月后再返回部队交班。

几十年后,现在回想起张巨惠司令员当时选调我到广东省军区机关工作,我还深深为那时的部队风气、上下级之间的正气所感动。

一九九〇年8月二排右一我陪同右二原广东省委常委、广东省军区张巨惠司令员和左二原湛江军分区李汉林司令员等指战员巡视海防时合影

兵商情

登上国际领奖台

我不止一次地强调,军人身份对于我来说像是一种惯性,在军营的许多年,我的行为举止都被深深刻上了军队的印记。而医生则是融入我骨血里的一种身份,我热爱着医学,热爱治病救人,除了日常的生活,剩下的自己全部投入到了医生这个角色中。

20世纪70年代我在湛江人民医院进修的时候,看到了许多的病患、很多病例,其中很多老年人由于年岁渐长,患上了中风。中风的人如果发现晚,治疗后,人也无法跟发病前一样自如行动、说话。各种能力受限对于本来年纪就大的老年人来说,无疑是十分痛苦的。

我到硇洲岛后发现岛上渔民多食高蛋白、高脂肪的食物,特别容易患中风,这种饮食习惯给了我灵感,同时我在各地区也认识了许多专家,这都为我研究治疗中风提供了条件。于是我利用各种机会向专家教授、向有经验的老中医请教，探索中西医结合治疗中风的途径，经过多年潜心研究，确实针对治疗出血性脑卒中，找到了一套独特有效的治疗方法。

记得1985年10月的一天，岛上一名姓余的渔民，吵架酗酒后突然昏倒不省人事，送广东医学院附属医院神经内科进行治疗，经脑CT检查诊断为脑出血，留医3天不见苏醒，已发病危通知书。其家人拉回家准备办后事。后来其家人以试试的心态请我救治，我当时根据西医诊断和中医辨证，用自己研究的配方对患者进行治疗，3天后患者神志渐清醒，9个疗程后患者基本恢复正常。

另外硇洲岛的守岛战士和当地渔民患寻常疣的非常多，患者都非常苦恼。这种病在地方医院一般都会进行冷冻或激光治疗，不能保证根治，我后来研究出一种针刺母疣的治疗方法，疗效非常不错。

调到广东省军区梅花园干休所后，我服务的都是一些老干部，巩固自己研究的同时，也有了些时间将自己多年研究成果进行总结，发表了《羚角钩藤汤加味治疗出血性脑卒中23例》和《针刺母疣法治疗多发性寻常疣102例》两篇论文。论文在国内外医学刊物上发表后，引起了有关专家的重视，在第二届世界传统医学大会上获奖。

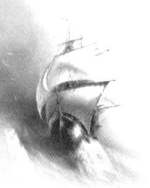

兵商情

于是1995年，受美国研究院的邀请，经广东省军区和广州军区批准，我赴美国加利福尼亚州参加学术交流与颁奖大会，大会一共有38个国家参加，我两篇论文各获优秀成果奖和超人杯金奖，获奖论文已保存在美国名人书局和中国文献库。在美国我还遇到了相熟的老前辈，军医大陆教授。陆教授是医学界的大咖，我在军校学习的时候，陆教授很关照我，将他的借书证借给我，帮助我完成了很多资料查阅的工作。在领奖前夕，我们这些获奖者都需要准备PPT，我的PPT也是陆教授和外语教研室主任几位教授加班加点帮我连夜赶制出来的。我很感激，陆教授却说："你这是为国争光，我们帮你是应当的嘛！"后来，《世界日报》报道了颁奖当日的盛况，回国后在《战士报》《南方日报》《广州日报》《羊城晚报》、广东省电视台（广东新闻频道、广东卫视）、广东人民广播电台等媒体，都刊登与播放了我获奖的新闻。我还当选1995年度中国新闻人物。

当我在美国获奖后，与会的美国、日本、澳大利亚等国代表找到我，许诺提供优厚的研究条件和个人待遇，让我去他们国家一起合作开发两项医疗技术成果，但我都一一谢绝了。毕竟我是中国的军人，我热爱着祖国的事业。从20多年前的一个乡村"赤脚医生"，到走向国际领奖台，只有我自己知道这一路走来，我付出了什么，经历了什么。

一九九五年五月抵达美国时与右三美国研究院院长尼斯特尔和左二我合影

大会颁奖留影

日本之行

也是1995年3月，我接到电话通知与邀请函，说邀请我到日本学习交流，希望我拨冗参加。我起初很犹豫，因为对日本的印象并不太好，当然这个理由不好对人说，况且当时随行不乏很多行业资深专家，交流学习议题也很吸引我，于是思索再三后，我还是应承了下来。

4月3日，我坐上了从广州到北京的飞机，我先到北京集中，在那里，我们专家团队需要先上半天的外交礼仪课，课程是外交部礼宾司的同志帮我们安排的。中午我们从北京起飞一直飞抵日本成田机场降落，而后住进了一家五星级国际大酒店。

日本酒店的服务真的是无可挑剔，在日方询问我们在酒店的需求时，我们特意说中国人喜欢喝茶，不喝直饮水，说完之后不到几分钟，服务员就拿来了好茶叶和烧开

第二章　军营芳华

水的设备，一切彬彬有礼，细致周到。

交流会议也是在这家酒店会议大厅举办。我初到日本，印象竟意外的不错，干净整洁深入了这个国家国民的骨髓中，从街道、设施、桌椅，都十分整洁，并且这种整洁是带有一种人文关怀的整洁，不冰冷；另外就是他们的细致，很多设施的细节周到到让人惊讶。也许我们是交流学习的，所以感受到日本服务十分到位。

这次的学术交流，同时配有日语和英语翻译。轮到我发言交流时，我把自己的学术论文宣读完后等待各位专家提问，两位翻译一直在旁边陪同，帮我将各种问题转换成普通话，然后再把我的答案翻译出去，专业素质极高。当时日语翻译是个中年女士，会议结束后，她向我深深鞠躬并恭谨地说："请把你的论文作品留给我做个纪念。"这种要论文文稿的事情我还是第一次碰到，当时我不假思索就把我的论文稿给了她。谁知道对方刚刚想要伸手过来拿我的论文时，我们在下面参加交流的几个中国专家齐声大喊不能送给她，有位老专家冲我说："这虽是你的成果，但也是我们的财富，要拿回来保存好。如果她拿了你的成果去申报专利，知识产权就变成他们的了"。听到他的话，我才马上反应过来，立即拒绝了日本翻译的请求。

这个小插曲我记忆犹新，让我非常后怕，怕自己当初

兵商情

一时懵懂就把宝贵的专利拱手让人,不过后来才发现我多虑了,在日本,他们对中医特别是中药的研究已有多年,已经十分深入,甚至某些方面比国内的研究还要先进。

日本研讨会早餐和德国专家餐叙

第二章 军营芳华

难忘离岛情

1981年到1991年,我在海岛上度过了差不多有10年,这10年正是人生的黄金期。这10年,我从一名普通军医成长为海防营党委委员、营部直属单位党支部书记、营部卫生所所长。这10年,我和我守岛的战友兄弟们风雨同舟、患难与共,建立了深厚的革命友谊;我和驻地人民群众广交朋友送医问诊,建立了浓浓的鱼水情谊。如今回想起来,那些岁月和时光,真的很苦很苦,却又很美很美。

前文提过,事实上1990年我的调动函就下到了我们部队。代营长周昌球、教导员宁镇德和我感情很深,很不想我离开他们,所以尽管调令来了一段时间,都封锁消息不肯告诉我和我的家人,不对部队宣布命令。

后来,在广东省军区干部处一再电话催促我到广州报到的情况下,湛江军分区不得已才放人。临别的情景真的

兵营情

是难分难舍。湛江军分区李汉林司令员、麦东富政委专门找我到他们办公室谈话。记得我的株洲老乡、李汉林司令员拉着我的手,说得最多的一句话就是"小周你到了广州大城市工作要争气,为我们湛江官兵、岛上部队干部争气长脸"。李司令员和麦政委还亲自在军分区招待所请我和几个调离湛江的干部吃饭,为我们这些曾经卫国守岛、为湛江军分区部队建设做出突出贡献的老战友饯行。麦政委动情地含着眼泪说:"同志们啊,湛江条件尤其是海岛部队条件太苦了,你们坚守海岛10多年受苦了,你们的老婆孩子也跟着你们受苦了,我代表湛江军分区党委向你们,并通过你们向你们的老婆孩子说声对不起,希望你们离开湛江老部队后还能经常想起这里,想起我们,常回来看我们,这里永远是你们这些海岛老战士的家!"我们流着眼泪,将一大杯酒一饮而尽,纷纷向军分区部队的两位最高首长表达了我们的态度和决心。

军分区谈话后,我回到海岛搬家。得知我要离开到广州工作,营里官兵和驻地群众,尤其是曾经得到过我的帮助、得到我的救治的患者们,排队到我家里来,把我堵在门口三天出不了门,什么事都干不成。眼看报到期限就要到了,怎么办?我找周营长、宁教导员商量说:"请尽快安排汽车给我搬家。"周营长说:"原来计划明天汽车安

第二章 军营芳华

排给转业干部刘殿国艇长搬家的,那就先送你去广州。"次日周营长带了干部战士来帮助我搬家装车时,医院的员工和当地老百姓得知我们搬家去广州时都来帮忙,人越来越多。人群里杨华寿老板说:"今天我把海鲜酒楼全包下来了,只要是到周所长和黄院长家来帮忙搬家的,都请到海鲜酒楼喝酒欢送所长和院长。"

结果来和我们道别的群众越来越多,把酒楼挤得满满当当,仅有的十多张桌子都坐不下了。路过的梁马兴书记和我一个老板朋友见状,热情地对我说:"周所长,今天这个海鲜酒楼我们全部包了,不招待其他客人,凡是来送你周菊明和黄院长的客人都可以来,所有费用由我出。"当时酒楼老板高声说他跟周所长感情深也给他一次机会和面子,十多桌的所有酒水饮料由他负责。他们还从镇上的集市里买了很多当地海鱼干等土特产送给我,和我大杯大杯喝酒、拥抱、合影。最后镇上粮所的杜所长气喘吁吁地叫人扛了两铁桶花生油约两百斤和两大袋精大米送到我家里,说什么也要我带到广州来吃,说广州买不到那么好的油和米。我怎么也推不掉,只好带来广州。到广州卸车的时候有些干部战士说我傻,这里又不是没油没米卖,你搞这么辛苦干啥。我说:"这是军民鱼水情呀!"这是守岛官兵和驻地党政干部与人民群众的深情厚谊啊。此后几十

兵商情

年，我一直倍加珍惜这份情，这份爱。无论遇到什么困难，它都在心里温暖着我，激励着我。

最后，经军分区、海防营首长指派，海防营干部范文、陈旭初等两名战友，亲自带着解放牌军用卡车，将我的家搬来了广州。我的爸爸和爱人与两个孩子，由湛江市的老战友亲自送上湛江飞广州的飞机，全家顺利到达广州团聚。

离岛前的欢送宴上人坐满了整个大厅

重探老军营

20多年后,我们全家人都十分想念原来生活过的老部队。

前年的"五一"假期,我们全家人自驾车一起去了阔别20多年的老部队营房。我们到了那里后,营房周围的老百姓都围了过来,很亲热。特别是认识我的老同志见到我,就像久别重逢的亲人,都问我住在哪里。

我没在意就随口告诉了他们,次日早上起来时发现我的很多老熟人、老病患带着家属,拿着鱿鱼干、虾米等海产品,等着我们起床后给我们,我不要不行,给钱他们也不肯要,说是了他们的心愿。看着热切的乡亲们,我很为难,但又不好拒绝。

我们去灯塔时,参观的人很多,都上不去,说要第二天才行。我们正准备返回时,现在守护灯塔的是一位老

兵商情

兵,他在灯塔上看见了我们,并认出了我爱人和我。他马上下来,接我们上灯塔参观,我这时才知道是他负责守护灯塔的。

他还记忆犹新地说,感谢我们以前为他孩子治好了病,还热情地留我们吃饭,我们谢绝了他的邀请,离开时他还难分难舍呢。

第二章　军营芳华

干部的自觉

　　我一直都坚持认为我的太太是一名巾帼英雄，她思想品质过硬，能力素质很强。当初她跟着我来到硇洲那个与世隔绝的小岛，在当地医院做一名普通医生，转眼1984年，她已是湛江市硇洲中心医院院长，其间我在军校读书，她就在岛上当起我的大后方，工作家庭两头顾，一度病倒，对于她和家人，我一直有一种愧疚在心间。1991年随军调动到广州后，我爱人先在沙河人民医院上班，由于业务能力强，工作出色，经验丰富，不到半年时间，她就被医院任命为内科主任。

　　一年以后，广州市天河区筹建中医院。区委组织部选来选去，选不出一名比较合适的筹建办主任。听说我妻子在湛江当过医院院长，一路随军迁移任劳任怨，现在还是综合医院的科室主任，上下对她反映都不错，加上沙河医

院领导的极力举荐,源源在此关键时刻,出任天河区中医院筹建办主任。在中医院筹建阶段,我看着她忙里忙外,跑上跑下,半年不到,整个人就瘦了一圈,换来的是建院进程的顺利。对此,领导和同志们都看在眼里,中医院一竣工,在研究医院班子配备这一环节的时候,领导和医生们都一致推荐源源同志担任医院院长。

源源还没正式当院长,没多久,天河区卫生局空缺一名分管医政工作的副局长和医防药政科科长。许多朋友鼓励我爱人去打听打听,看看能不能争取一下,毕竟在卫生局里工作没医院工作那么复杂。位子确实炙手可热,一起竞争的优秀人才也不少,我和源源两个人脾气一致,不太愿意因自己的事情去求人,也比较信奉脚踏实地干活这一做事准则。我俩在家商量,觉得去卫生局工作自有那边的不容易,多年来我们搞业务习惯了,对待这个职位,我们抱着比较开放的态度。当得了就当,当不了就算了,顺其自然,不要自找压力。可能越是放松,越会有出其不意的结果,最后经组织考察、民主评议,天河区委任命我爱人为天河区卫生局副局长兼医防药政科科长。

自从我夫人去卫生局后,我们两个人的角色似乎调换了,她在外拼事业,而我则有更多的精力放在家庭和个人专业的研究上。

第二章 军营芳华

1996年在我转业前后,许多人对我说,让我通过我爱人的关系,看能不能在天河区谋个好差事,但我和源源其实早就私下达成一致:她是她,我是我!她虽是卫生局领导,但并不代表我一定要通过她得到一些工作上的便利,我的心也大,当自己转业档案到军转办后,我就跑出去游山玩水去了。

等我游玩一圈回来,就去新的工作地点天河区委大院区人事局报到,迎面碰见区委组织部领导,也是我熟悉多年的前辈,他笑眯眯地对我说:"周菊明啊,我在天河区委组织部工作了10多年,安排了许多军转干部,从来没见过像你这样的军转干部,人家不认识的想方设法和我们套近乎进天河来,甚至要求安排个好位置好单位,你跟我们这么熟了,你老婆天天就在这个院子里进进出出,你倒好,档案来了人也不见影子,你要知道,今年师团级干部有120多个想进天河区,但今年只接收了32个师团转业干部到天河区。这么热门的谁不眼馋,就你不吭不哈的,我算服了你了,现在你定在区机关了,赶快去报到吧!"

我听后忙去报到,报完到,回到家,我又开始反复思考一个问题:从青年开始,我就进了军营,一直成长到现在一名军队干部,这些年,我都在医学的领域不断求索,现在转业来到机关单位,不知道自己能不能适应机关的整

体环境和要求。我从小是个直肠子,也是个内向人,在机关单位里也许并不能完全发挥自己所长,加之妻子目前在区里发展得挺好,我两口子在一起工作,一对夫妻全都在同一个单位里,毕竟在影响上来讲不算太好。经过一番思想斗争,我内心那个隐蔽多年的想法终于冒了出来:停薪留职下海!

当日妻子下班回到家,我把这个想法向她和盘托出。妻子听我分析多重因素后,很快表示理解。不愧是多年一起风雨走过来的,她最懂我。

后来我便排除万难,终于建立起了康民医院,妻子的工作也很有起色,她当上局长后,我对自己制定了"三不准"原则:不准用她的钱,不准用她的权,不准用她的车。这些年,我做到了,我的爱人也同我一样,在岗位上做到了克己奉公,从来不用公车办私事。

这么多年以来,我们夫妻互相鼓励,相互监督,区领导和同事们都夸奖我俩是"一对比翼双飞的好夫妻"。

第二章 军营芳华

只身赴约

1996年3月底的一个上午，全军基层医疗单位技术大比武，我当时的首长指定我为总指挥，并跟我强调我们全体医护人员严阵以待、迎接挑战，只许胜不许败，要圆满完成这次大比武任务。说完要求后，他意味深长地看着我说："完成这个任务，你就可以'休假'了。"

他在说到"休假"两个字的时候，语气稍微加重了些。当然，我马上领会了首长这句话的真实含意：之前我提出的转业要求，被批准了。听完首长的话，我没有说什么。因为我必须先集中全部精力，完成这次大比武任务。于是，我静下心来，把准备工作做好做足，确保比赛场上出彩。最终，经过精心指挥和全体同仁的认真配合，我们单位在比赛中取得了第一名的好成绩。

胜利意味着我不久的将来就要告别军队，告别我的一

兵商情

身军装。一直以来,我在军队工作兢兢业业,我想所有人都认为,周菊明应该会在军队里越走越远,有着大好的前途。自我第一次提出我想去商海中闯荡的时候,很多领导完全不理解我的选择,一次一次的谈话,一次次的动员工作,我都经历过了,虽然这些工作都是小范围在进行,但仍然让我意识到,我的选择是超出所有人预料的。

在一切定下来之后,我独自一人跑到海边静坐。大海广阔,一波一波的海浪不知疲倦地拍打着沙滩,像一头喘着粗气的马。今日,我想大概我所有朋友都会想:"周菊明疯了!"也许会有人认为,我选择离开军队,自己创业,是一时的冲动,其实我自己知道,这个决定是经过了长时间的思考,在这个过程中我也曾一次次说服自己,才终于下定决心。在军队二十多年,时光匆匆过,最终变成人生中的一个章节,最后一页就要翻过。远处的海平线,似乎像我接下来的人生一样未知,不知为何脑海中回想起曾经听指导员讲的,南疆作战时他们连队上"李海欣高地"的故事:那是一个深夜,天低云暗,大雨滂沱,他和连长每人手里捧着一个斗笠,战士们把钱包、香烟、打火机等默默地放进去,而后大步流星地冲向阵地,不带一丝犹豫,不带一点懦弱……这注定的告别曾经在我脑海中演习过多次,这一次,我也像故事里的战士们一样,不带迟疑,我从口袋里拿出记事本和笔,郑重地在上面写下一句:"我服从组织安排,准备停薪留职下海自谋职业。"

在后面签名时,我一直压抑的情感突然无法控制,我的手轻微地颤抖起来,我想所有当过兵的人都知道,我写下这句话,对一个在军营生涯中度过了25个春秋的军人来说意味着什么。

二十多年前进入部队时,我就是一个普普通通的农村孩子,没有任何背景可言。一路走到今天,放弃安稳的生活,即便心理上已经做好准备,但仍有很多关卡必须迈过去。

第一便是"告别军队"这一关。在做出放弃安置这个决定的那些日子里,我多少次一个人默默地静坐。一次又一次回想当年登上南下列车的场景,回想第一次穿上军装的场景,回想武装部长在月光下和我一起坐在空荡荡的办公室里谈心的场景。他告诉我:"菊明,你应该严格要求自己,永不放松警惕,你要成为一个优秀的军人,你也一定能够成为一个优秀的军官。"多年过后,言犹在耳,不断激励着我。我还不能忘记,开始在基层部队做医疗工作时,就怕碰上大首长或小孩子来看病。那时,团卫生队老队长不仅不责怪我,还手把手地教我。正因为他们的谆谆教导,才成就了我的今天。我无法忘记,我从连队卫生员

兵商情

到军医到主治军医再到副主任医师这一路的艰辛与幸运，我的研究收录在医学核心期刊，我个人也曾登上国际医学交流讲台，经我诊治过的部队官兵、军属、老首长及驻地人民群众成千上万，我多次被省军区卫生系统评为先进典型。

25年的军旅生涯，我供职的单位在变，我的身份在变，但不变的是我对身上这套绿色军装发自内心的热爱，是我对医生这个职业的无限崇敬。如今，终于要和这套军装，要和军医这个职业说再见了，我的心情沉重，想到自己又将要跨越一道人生的鸿沟，我是多么纠结和不舍。

第二便是"前途"这一关。我一步步走来，没有任何的背景，也没有什么靠山。我所信奉的，就是我的老部队传给我的"踏踏实实做人，认认真真做事"的人生格言。班、排、连、营、团，我一路走来，每一级的军阶，我都付出了多少的心血！而在我的身上，又寄托了多少首长战友的期望！我是个农村孩子，在军队25年间，为了弥补自身能力的不足，我很少过节假日，多少个夜晚，周围人都睡了，我还在学习、在工作、在组织的精心培育、同志们的无私帮助关爱下，我才用一滴血一滴汗凝聚起来一个个令人羡慕的成绩和职位。当然，随着职务的提升，待遇的提高，我也给我的家人、我的故乡带来了荣耀。我的军队,我的家人,我的乡亲都以我为骄傲,以我为自豪。可是,现在我却要把这些东西全部抛掉,不知道他们会如何想,他们是否能接受我的选择。

第三便是"身份"这一关。毫不惭愧地说,一路走来,我个人在广州军区也是数得着的,现在我做出的选择,却是要放弃目前安逸的生活,放弃那些曾经金光闪闪的头衔、身份、地位,这种落差也是十分考验人的。在这个挑战中看我如何战胜暴风骤雨,如何凯旋,也需要我从零开始去拼搏、去努力。

在知道我对自己未来的规划之后,很多人都表达了自己的疑惑和惋惜。记得我离开部队前的最后一个春节,我去看我同年入伍的老战友,他在广东一个军分区任司令员。三杯酒下肚,我如实地向他汇报了我要退役经商的想法。他听后有些激动,然后充满关爱地对我说:"菊明呀,我俩多年战友,我是看着你一步一步走到今日,你是咱们军区卫生部门的标兵军医,20多年走过来,一路风霜雪雨,多么不容易啊!如今,两手一甩,什么都不要了,且不说职位可惜,一身好业务你不觉得可惜吗?你到底是何苦呢?"我不知道怎么向他解释,只能躲开他关切的眼睛,只能装作不理解他的爱戴与关怀,只能一个人默默地、痛苦地承担着误会和责备。

兵商情

　　战友的话不是毫无来由,当时,父亲已经是快接近80岁高龄的人了。我不知道自己的这一举动,将给他老人家带来怎样的刺激和震撼。父亲是个一辈子历尽艰辛的老人。他和母亲携手度过的艰难岁月里,用尽全部的力量,抚育我们子女长大。原本我卫校毕业,按当时的政策,可以分配一份铁饭碗的工作,在家庭中承担更大的义务和责任。可是,为了更好报效祖国我选择去当兵。父亲知道后,说了一句至今让我刻骨铭心的话:"孩子,没有国,哪有家。"父亲读书不多,可是他宽容、明理。他和母亲一直在背后默默地支持我。可是,此时我却做出这么一个他不能理解,只怕也无法接受的选择,他会怎么想呢?他还会一如既往给予我支持和信任吗?

　　但是我知道,人生里再难的坎儿,也要过;再险的关,也要闯!在市场经济这个事关民族振兴的大局前,作为一个受党教育多年,又由部队培养出来的革命军人,我应该去接受挑战,应该去闯出一片天地,应该去摸索出一条路来,应该去给更年轻的、我身后的无数战友,提供一个可资镜鉴的参照!为此,我也应该披荆斩棘,先从没有路的地方踏出一条路来!而要做到这些,不做一番个人利益上的牺牲是不行的。

　　在厘清内心所有的担忧和纠结后,我终于做出了一个近乎"绝情"的决定:在我闯荡没有站稳脚跟之前,除了我的小家,我要跟外部断联!这场心底的誓约,只能我自己一个人去奔赴!部队的战友我就断了来往信息,老家那边我也让妻子帮我挡着,拖着。最终,弟弟忍不住从老家来到广州找我,他在沙河的广州康民医院看到我,便一下拉住我的手,泪水就流下来了。他埋怨我下海这么大的事,为什么不和家里人事先讲一声,商量一下呢!我只能苦笑着告诉他,这样的事情,如果我和家里人透露了,哪怕只讲一个打算,也会让家人为我担惊受怕;我只能先单枪匹马去闯荡,等待一朝春暖花开,才与大家共同分享胜利的喜悦。

旧日告别，新的开始

很多事情，时过境迁后，再回味，已没有了当时的心绪和感受。可是，离开军营，脱下军装那一刻的感受，穿越多年的岁月，仍然鲜活地刻印在我脑海中，重新回首，一切依然历历在目。

记得告别那天，在递交了申请报告后，我去卫生所简单地交了个班，自己就回了宿舍。在宿舍，我慢慢换下军装，郑重地将陪伴我多年的军服挂起来，待一切收拾妥当后，我坐在宿舍凳子上，眼睛最终定格在那身军装上，那上面军徽仿佛在发光，大脑一片空白。此刻，面对伴随了我25年的军装，我如同在和一个相知多年的朋友诀别，我的胸口始终像被看不见的大锤在重击着，那种感情，是深入骨髓的。想起当战士的时候，每天穿了军装之后，晚上总要把它叠好，压在枕头底下，第二天一定要保证它的平整。这么多年,无论在什么情况下,我都很少穿便服。我爱这套军装,可是现在却要永远向它告别了。作为纪念,我摘下了一对校官肩章和领花,小心翼翼地收藏在贴身的口袋里。

从客厅回到卧室,打开床边的小床头柜,里边装着好多我这些年在各个岗位上获得的奖状和证书,一抽屉的各种红色,无数的岁月仿佛都在这一瞬间重叠交错,无数的影像一起涌上了心头。此时的我,确实感到了一点点的茫然,离开军营,我还能在新的天地里创造出这么辉煌的业绩吗?但是,一切都已经不容我再留恋。因为我已经给自己斩断了一切退路;为了避免一切不必要的麻烦,也省得夜长梦多,再生枝节,我已买好当天晚上离开广州的火车票,否则,过了今夜,我不知道自己还有没有勇气出发,不知道还能不能保持这份连我自己都感到吃惊的冷静和淡定,不知道还能不能保持现在的刚强理智。

换了一件长长的风衣,装了一瓶劲酒,我走出了军营,走进军营围墙外不远处刚刚开业的小火锅城。我找了一个僻静的位置坐下来,要了一个火锅、四个菜,还要了一瓶白酒。热气腾腾的火锅很快上来了,鲜香的羊肉和绿色的蔬菜摆满了一小桌,我却连筷子都没有动一下,40分钟之内,除了一支接一支抽烟,我竟不知不觉将面前的那

兵商情

瓶酒喝了下去，要知道，我平日极少这样喝酒，饭店里的服务员估计也很少见到这种阵势，以为我想不开，还险些闹出误会来。

一瓶酒下肚，紧张的精神开始放松下来，紧接而来的是浓浓的困意。走出火锅城，我叫了辆的士，送我去了火车站。在熙熙攘攘的广州火车站广场，我只身一人，背着行李，形单影只，说真心话，那时真像一个战士，像一个站在出发阵地上的战士，知道我即将奔赴的是一个心中并没有着落的陌生战场。

火车进站，时隔多年，我又一次登上了离别的列车，这次告别的是我绿色的军营年华。别了，军营！别了，我亲爱的战友！请你们不要为我担心，请你们一定要相信我，在新的领域里，在人生新的航程里，我还会像在部队时一样，去搏击风雨，去迎接彩虹，去为军人这个光荣的称号增添光彩！到那时，我会在新的战场，等待你们的到来，为你们摆好庆功的酒宴，我们就又可以在一起并肩战斗，一起欢笑流泪了……想着，想着，我不知不觉地进入了深沉的梦乡。说来奇怪，那是平生第一次，我没有梦到绿色的军营。

第三章 搏击商海

兵商情

一次难忘的旅行

那是1995年春节刚过不久的一个早晨,我在北京开往广州的火车卧铺车厢里。

当时,经过深入贯彻、落实邓小平南方谈话精神,全国上下正涌动着进一步将改革开放推向深入的思想浪潮。当时作为广东省军区梅花园干休所的一名军医,我应邀参加了国家卫生部组织召开的中国传统医药大会,可能是因为连续多天奔波、讨论、座谈,一上火车,我就躺在铺位上睡着了。列车在铁轨上蜿蜒而行,我在车上呼呼大睡。一觉醒来,我忽然发现对面铺位不知道什么时候坐上了一个漂亮的姑娘。

由于军人的身份,再加上长期军营封闭式生活,从心理上来讲,我似乎还有一点羞涩,也就没有主动去和这个姑娘打招呼。但也可能是因为我穿着一身军装,因为我是一个军人,这个姑娘不但没有见外,反而很大方地主动和我打招呼,并热情地交谈起来。交谈中,我了解到,她原来是一位军烈属的后代,由于不甘心优越而平庸的工作环境,主动要求辞职,瞒过父母,独身到深圳闯荡。交谈中我还了解到,她是一个成功的商人,虽然年纪轻轻,却已经在全国拥有了自己的8个分公司,拥有5000多万元的固定资产。姑娘性情爽快,我们的交谈十分愉快,晚上她大方地要请我到餐车吃饭,我答应了。在吃饭过程中,我随口向她讨教了一句:"如果我脱下军装,下海经商行不行?"

没想到,这个姑娘听了我的话,皱起了眉头,斩钉截铁地否定说:"不行!"

"为什么?"我不服气地反问她。我这个人,事事爱争第一,还从来没有听谁当面说过我不行的。因此,我很想知道她与我素昧平生,是如何得出这么一个结论的。

见我这么急迫,这么认真,她稍微思索了一下,然后直截了当地回答道:"我说你不行,是因为你的军服告诉我,首先,你在军营已经拥有一定的地位,有成功的事业,咱们聊天我也知道,你有已经为之奋斗20多年的岗位,享受不错的社会待遇、政治待遇和生活待遇。一般来讲,如果没有百分之二百的好处和把握,人是不会轻易放

兵商情

弃这些条件的。其次,你这个年龄,肩上的责任很重,上有老,下有小,如果下海经商,风险多多,阻力是会很大的。最后,更重要的,你已经形成了思维定式,凡事想好了再做,不敢轻易去冒险。而在商海里,想好了再做,是什么也做不成的。"

看我似乎流露出怀疑的神色,她接着给我举了一个例子说:"例如今天的这次旅行,你可能几天前就订好了车票,而且还有人开车,把你送到车站,什么事情,都不需要你操心和动手。可是,我就不是这样。实话告诉你,我是在一个小时前,才接到一个信息,要去武汉谈一笔生意,我毫不思索地立即驾车到了车站,车存在广场,我就冲向站台,上了车,找到列车长补票。"

我听了之后,久久没有说话。不知道是因为她看扁了我们军官,还是她话语中的某些东西深深地刺痛了我,饭后我找了理由独自在车厢的连接处待了段时间,我看着窗外迅速退后的大地、村庄,心中翻腾似大海,怎么也平静不下来。我自小要强,军队二十多年形成了我不服输的性格,怎料人在中年,竟然在一个小姑娘面前尝到了一丝挫败。

这种感觉让我仿佛又回到了海岛军营的时候。记得刚刚调到硇洲岛海防团卫生队工作时,一天上午,我听说有个颇有名气的医科大学教授上岛巡诊，便不顾火一样的骄阳，怀着热切的希望，拿着起草好的医学论文步行十多里路，找大教授指导修改。没承想，当我怯怯地把医学论文草稿递给教授后，对方仅仅扫了一眼，就转头忙别的去了，根本不理会我渴求的眼神。与他同行的另一位护士不平地劝道："人家大热天、大老远跑来了，快帮他看看，给指点指点嘛！"更没想到，他背过脸去，不轻不重地来了一句："有啥好看的，一个海岛的军医根本登不了大雅之堂！"我的自尊心被深深刺痛了，扭头离开了那个房间。从那一刻起，我便抱着今后一定要"登大雅之堂"的念头，钻研医学理论，加强实践探索，并利用临床实例，撰写了许多学术理论文章，后来我的论文在国际医疗学术杂志发表，我也受邀到美国出席医学论坛大会，在38个国家的行家学者面前，将超人杯金奖领回了中国。

这一刻我仿佛又回到了哺育我成长的老部队。在部队里，凡事不讲困难，万事要争第一，不管在什么情况下，军人都不可以说自己不行。那时我们部队开展大练兵，刺杀、投弹、射击、军体等训练项目轮番上阵，我们部队参加大军区组织的比武对抗赛，几乎取得了所有项目的前三名。这些荣耀，都深深印在我脑海里，并不断转化为燃烧的工作激情。一年多时间里，我带着护士和卫生员背着药

兵商情

箱,跑遍了每个训练场和营区,为官兵们排除生理和心理障碍,为训练加油添柴。师首长说:"部队训练创造了奇迹,周菊明团队医疗保障也创造了奇迹。"我的心时时刻刻都被广大官兵那种奋勇争先、无畏拼搏的精神激励着。

军营的熏陶,榜样的力量,早已将革命军人那种自强不息、勇往直前的精神深深地沉淀在我的思想中,浸透在我的血液里。所以,在整个军旅生涯中,我是最不愿听到"你不行"这三个字的。如今这三个字,却在列车上的一次偶遇中,从一个以前从未谋面、以后也不可能再相遇的姑娘嘴里说出来,怎么不令我心痛呢?!

这一痛,竟达半年之久。这段时间里,我的思想在激烈地撞击着,大有吃饭不香、睡不着觉的感觉。我常常一个人关起门来冥思苦想,想了很多很多。姑娘的话不是没有道理,我也曾见过有些干部、战士脱下军装,来到市场中所面临的尴尬与无奈、挣扎与沉浮。因为对市场经济的了解不多,因为对市场和战场的区别理解不深,因为认识不到从军营到市场有个转变的过程,许多战友退役后很快陷入困窘境地,曾经那么多在部队立过战功的优秀军事人才,在市场上却一筹莫展……曾经在部队抗住各种训练摔打,曾经驻守在冰天雪地里,曾经驻守在边疆哨所里都不喊苦叫累的战士,许多进入社会后,竟然迷茫、怯懦、失去了自我。从他们身上，我深深地感受到，我们军队，我们军人，在这样一个新的时代里，正面临着巨大的挑战，如同处在一个陌生的十字路口。这个路口，有两条路，一条通向战场，另一条则通向市场。我们的人民军队，在新的历史时期，不仅要发扬英勇善战的光荣传统，培育战士到战场上当英雄；还必须跟上时代的步伐，懂得在社会上发挥自己的余热，创造属于自己的价值。

从那位姑娘的言谈中，我还分明感到了一种对军人的质疑，一种固有的成见。也许在她看来，我们解放军，打仗是英雄，操枪弄炮是好手，做生意未必可行。我们能够适应缤纷的市场吗？能够在规则遍布的社会上得心应手地生存下去吗？在她看来，也许我们有着被绿色洗涤了太久的单纯的灵魂。

而我必须承认姑娘话语中我所存在的局限性，同时，也想只有自己亲自去试试，去搏一搏，用真实的成绩来证明：无论在什么样的天地里，我都能打造自己的风景。

兵商情

一切从调查开始

毛主席说过:"没有调查,就没有发言权。"

准备转业那些日子,我翻阅了很多资料,走访了很多机关,也找了不少的退役官兵聊天。我预感到,随着改革开放的进一步深入,各种利益关系和分配关系,还会发生重大的调整,而国家的退伍安置政策,也将会因为这些调整而面临新的变化。将来,一定会有更多的退役官兵走出政府安排的模式,到市场经济的大潮中去就业、去创业。这是一种必然的发展趋势,是国家经济振兴必须付出的代价。作为军人,对此应该给予理解和支持。

同时,我也逐步认识到,其实市场如战场,虽然挑战性强,风险性大,但运作空间广,可争取的变数多,更适合展示自己、发挥自己、塑造自己,是退役官兵实现人生价值的崭新舞台,是退伍还乡创业致富成才的肥田沃土。

如果我们军人脱下军装后,能够从观念上转变过来,心态上调整过来,敢于面向市场经济的汪洋大海,一个猛子扎下去,就是扎向了一个更利于自己发展,更利于自己激发潜在能量的新领域。

当然,什么事情都不能盲目,扑向市场再怎么说也不是件轻而易举的事情。此时,我也想到了自己。我在部队,本职工作做得还算不错,有着光明的前途。然而,我又清醒地认识到,自己在团职岗位上已经工作了多年,人都已到了四十不惑的年岁,对世上很多事情看得比较透彻和淡泊。我了解自己,我没有部队军政主官经历,在部队发展的话,恐怕创造的价值不会太大。与其这样,作为一个受党教育多年,经过部队多年冶炼锻打的军人,在事关国家繁荣富强的大局面前,还不如做一个"吃螃蟹"的人,带头迎接考验,到市场中发挥自己,去实现人生更广、更大的价值,把提升的机会,把更高的位置,让给更年轻、更有作为的战友。

于是,经过半年多的反复思考,我毅然写出了要求转业的申请报告。后来我才知道,实际上在当时,具有我这样想法的人,做出这样抉择的人,绝非只有我一个。那一年,不少我熟悉的战友,都经过痛苦的思考,纷纷做出了从商的选择,这应该说是我在市场经济的大潮中,主动地

兵商情

去迎接挑战，所做出的第一个具有重大意义的选择吧。

不可否认，随着改革的深入和市场经济的发展，国家安置政策进行了一些调整，给我们的就业带来了暂时的困难，甚至某些利益受到了一些损失，但作为一个吃过苦的军人，我觉得在这种时刻，应该拿出在部队中冶炼出来的自强精神，直面应对人生的各种不确定。

第三章　搏击商海

走出第一步

　　我提交转业意向后,起初部队是安排我转业到妻子同一个单位,虽然这份工作待遇很好,我如果去的话,无疑是端上了铁饭碗,可是我却选择放弃这份工作去下海,这无疑是一场冒险。我从小话不多,但是心里认定的东西,就一定要去做。我当初进入市场时,手里只拿着20800元的转业费,就这样头也不回地踏上了从商之路。

　　关于手里的20800元军队转业安置费能干什么,当时,我为此想了许多许多。

　　首先想到的就是我的小家。当时女儿上小学,儿子还在幼儿园。两个孩子学校分隔在不同区域,我们家当时花了"巨资"购买了一辆摩托车,家长早晨六点就要起床,我负责送孩子们上学,七点半前要将女儿送到学校,接着送儿子上幼儿园,同时我还进行着个人事业的筹备阶

兵商情

段,那段时间我和爱人都非常辛苦,我常常利用送孩子上学的路上时间来想工作的事情,有几次竟然都骑过了学校门口。在真正决定开始投身做事的前几天,我对爱人说:"这几年,是我的事业起步期,家里要多仰仗你了。房子住你的,两个小孩的生活费、学费也暂由你负担,家庭开支也暂由你负责。我下海的本钱、之后需要的投资我想办法,你都不要操心。顾好家,顾好你自己,我心里就安定了一半。"妻子闻言,并没有多问我一句,我知道无论我做出什么决定,她都会无条件支持我。就这样,我斩断了自己的退路,将家庭暂时交付给我的妻子,自己决定背水一战。

通过前期大量的市场调查和对自身的了解,我当时想着,只有靠自己的技术和劳动所赚的钱才是安心钱,从家乡大队,到军营,我一直都在行医,治病救人是我给自己定下的贯彻一生的使命。我在地方医院进修时,看到专业医院里医生对病人的救助,也见证过医院里的忙碌,病患超出医院的承受力时,很多病人只能转院,或是去别的城市寻医问药。我当时想,何不开一家自己的医院呢?这样就可以承接许多因各种原因无法在公立医院得到治疗的病人,也能更好地完成自己的理想。

可是我手里的两万元,即使在二十多年前,对于想要开创事业的人来说，也不够。可能受我精神的感动，在我正为筹建医院发愁时，一个老军转干部借了我十万元，老前辈没有约定要我什么时候还款，他只是嘱咐我，只管去闯，等闯出一片天地后，再把钱还给他。我对此十分感激，十多万元的话，在当时也许能救我的燃眉之急了。但可能是命运使然，手里的钱还没焐热，第二天我就在天河路碰到一个跪地求救的人，据他所说，其父亲当时正在医院急救，急需六万元救命钱。听闻他的话，我动了恻隐之心，医者本来就要救人性命，而我在军队多年，为人民服务的精神也已经深入骨髓，我当即给了他六万元。望着对方讶异又感动的神情，我知道自己的六万块，对他的意义是多么重大。

可是很快，我就苦笑起来，我手里六万多元，再怎么节省，都不够支撑我成立一家医院，而我又不敢再去借钱。当时我准备租用的店面地址都选好了，当我两手空空去跟店面老板面谈时，店主听说了我的遭遇，有些嘲弄地说："你这个人这么心软，陌生人一句不知真假的话你就给六万块钱，这样的你还要开办门诊、开办医院，你怎么保证赚得到钱？你生意怎么做得下去？"我说："我开医院目的只是救死扶伤，至于赚多赚少我不计较，这是我的初心。"我一遍又一遍地诉说着我的诚意和想法，终于说

兵商情

动了店主，他最后承诺给我时间先把店面搞起来，等赚到钱后再分期还款。因为我有技术，也有管理经验，军队信誉不错，有不少的朋友，我很快就找到了一个合作伙伴，地址、合作人等一切敲定后，我便投入忙碌之中。

半个月后，沙河顶建筑研究院大门左侧一家200多平方米的崭新门诊部开张了。周菊明放弃稳定的工作创建门诊的事，在当时也算一个不大不小的新闻了，门诊开诊当天，很多朋友前来捧场，广东省卫生厅的领导和广州市卫生局的领导，天河区政府和街道领导，天河区卫生局和防疫站领导也都亲临现场，广东省电视台新闻中心两位编导也扛着摄影机来了，此外还有报社记者和各位领导。因为地方小，有些朋友只能站着，当日，新闻发布会开得非常隆重，非常成功。

当晚广东省与广州市电视台的新闻就播了门诊部开业情况，次日报纸都登载了相关新闻，我感受到了各级领导的关心和支持，也感受到了来自社会的关爱，这些温暖，都给了我无穷的力量。

我的门诊部开业后，一直以诚信服务、厚德行医为宗旨，很快得到了片区内老百姓的认可，患者无论有钱没钱来到这里，都能得到及时治疗。第二年，小小的门诊部就发展到具有一级规模的医院，还吸引了来自全国三特医院（解放军三〇一医院）、北京、南京、上海、重庆、陕西、湖北、湖南、广东、部队等医院专家的加盟。医院的专家队伍，一度拥有四名国务院保健组的专家，还有在欧美讲学过的专家也前来加盟。比如，当年湘雅医院附属三医院业务副院长李再东（胸科专家）担任我院的业务副院长，第一军医大学附属一院外科陈主任当我院外科主任，广东省人民医院的烧伤科李秀芝主任当我医院的烧伤科主任，中山医科大学第一附属医院护理部李主任当我院护理部主任，南京古楼医院外科主任周教授主任医师当我院创伤外科主任，湘雅医院内分泌科主任欧教授刚从美国讲学回国到我院当内分泌科主任，三〇一医院两个将军专家当我院专科主任等。

兵商情

"当了裤子也要办广州康民医院"

这是我当时创办康民医院的时候,说下的一句话。广州康民医院,前身是广州市天河区沙河大街濂泉路一号、广州市皮鞋厂。当时鞋厂所在大楼已经废弃多年。由于当地流动人口多,尤其是看不起病的外来民工多与当地居住贫民多,他们如果身体不舒服,就诊一直是难题。于是1997年,我决定在原址接手扩建一座面向贫民消费的"广州康民医院",并请来原中南海的,曾为中央首长看过病的国务院保健组的几名专家前来坐诊。

当时,我刚刚从部队转业不久,还在困境中,经济拮据,要维持康民这个大摊子,在旁人看来几乎是异想天开的事,许多人甚至笑我有些"宝里宝气"(傻气的意思)。我自己却不这样想,但我也懒得同人争辩。记得我在康民医院成立一周年的庆祝会上说:"一年来,我常常听到一些冷言批评,他们大都责备我不顾眼前利益,有大钱不挣,偏偏要请这么多有地位、高水平的老专家来我们民营医院,为普通老百姓看病。我当时没有反驳这些人的观点,现在,我想说,这类的想法,多少有点鼠目寸光。当地居民与外来工将来就是我们城市的主人,随着我们国家公民流动性增大,让他们提前享受中南海首长医疗待遇,做赔本买卖,值!因此从一开始,我就坚定地表态'当了裤子也要办康民!'"

1997年,在康民医院职工大会上,在我的周旋游说下,全体员工达成共识:"平民医疗刻不容缓,愿将康民医院所得收益,悉数永久捐作康民医院发展基金。"有人当场写下"云天高谊"四个大字,高悬会场,掌声雷动,场面感人。

当然,仅靠我个人的无私捐献,无法长期维持康民的发展经费,主要还得靠地方党委政府的政策支持和扶持。我后来总结,康民头半年自身难保,每天过着朝不保夕的日子,经费一直拮据;下半年开始平衡或少许结余。

我在为康民医院成立一周年写的纪念词中感慨地说:"中国如没有一班人,肯沉下心来,不趁热,不惮其烦,不为当世功名富贵所惑,志心皈命为中国百姓做一点实事

兵商情

好事,中国决计没有今日的发展和复兴。"而我的选择就是邀集这样一班志同道合的人,沉下心来,为外来工、打工仔做保健,绝不气馁,这是我创建康民的初衷。我对员工说,中国今日若不对老百姓好,中国复兴有何希望?世人往往急功近利,不知道做基础工作和群众工作,不知道本不立则道不生。

前期,康民的创办和前线打仗是一样的,非勇敢拼命必要败退,要极负抱负意志的人做它的台柱,才有生命,这岂是容易得来的。的确,在高速崛起的现代化城市中,长年累月和最底层的贫民打交道,就算大功告成也不过某些人眼里的下里巴人,如果没有一种牺牲精神,很难全始全终。

身边一些有远见卓识的新型企业家朋友,却对康民医院寄托最深,常常称我是康民事业的神经中枢,也是伯乐。赖书记常叫我伯乐。有人诚恳地说:"多年的辛勤,真够菊明同志忍受,换来的,也只是头上的白发和内心的慰安,求仁得仁,我真替周菊明院长高兴。"

我们医院有了一定的规模后,我更加坚信要踏实干,努力干。山不在高,有仙得名;水不在深,有龙则灵。有了高技术和老专家的辅助,我院门诊曾成功抢救心跳呼吸骤停病人三例、三度烧伤面积达96%的危重病人两例,断指、断肢再植成功千余例，引起了广州市同业的高度关注。许多事例，广东省电视台新闻中心和《羊城晚报》等媒体都做了相关报道。

2005年，为响应广州市政府与天河区政府的号召，我们承建了广州市天河区棠下解困区配套医院即广州市区域规划医院，属广州市政府与市长的民生工程，出色地完成了社会政府赋予的责任与义务。革命了几十年的老兵，没有选择继续待在军营里，也没有在机关享受应得的待遇，经营医院每天都面临着很多意外，很多挑战，但是终于有了这个通过JCI国际认证住有57个国家病人的三级医院，总算是圆了我一个老专家、老军人的从军、从医、从商报国梦。

兵商情

从医的使命

厚德行医,回报社会,造福人类。从门诊开张之日起,我就把这三条定为门诊行医的宗旨。良好的医德医风,赢得了患者的信赖,来我们门诊看病的人越来越多。

第二年扩展成为广州康民医院后,我们与多家知名医院合作,成为中山医科大学定点医院、第一军医大学定点医院、西安医科大学定点医院,成为广州市首批医保定点单位。

我想我们医院的声誉,是靠一次次为人民做的实事积累出来的。记得当年外地民工彭光清在沙河大街一幢高楼的外墙施工,不慎从6楼摔下来,当场昏迷不醒,围观群众急忙把他送来我院抢救。来院后,经检查病人颅骨骨折,颅内出血,肝脾破裂,6条肋骨骨折,人出现心跳呼吸骤停。我院紧急召集专家对其进行了长达20小时的手术综合急救，该病人终于脱离危险，抢救成功。广东省电视台新闻中心记者采访病人时，病人说："是广州康民医院给了我第二次生命，也救了我们一家。"因为他是家里的顶梁柱，出院后的一天，彭家老小都来了，送来锦旗给医院以感谢救命之恩。我记得当时将他送进医院的好心人第二天都来我院看伤者救活了没有。彭先生出院时，由于事发突然，本身经济状况一般，所以没交一分医疗费。后全家人来我院感谢时，补交了部分医药费，后来《羊城晚报》为此刊登了一篇标题是《心跳停止了，还是救活了》的报道。小标题就是：广州康民医院从死神那里把一位外地民工拽了回来，没收一分钱。

还有一次，也是我们片区的一个梅花园小食店，店内煤气罐突然爆炸，导致老板与其手下一名女职工受伤，二人三度烧伤面积达96%，救护车将二人送到南方医院，医院诊断后估算他们需要交纳80万元的住院费，这完全超出了二人的经济条件。二人的费用不能一直拖着，加之南方医院床位本身十分紧张，无奈下，他们转到我院治疗，送到我院烧伤病房时，病人浑身上下只有8000元，救护车费用就用掉了4000元，我院的烧伤科主任当时也是广东省人民医院的烧伤科李秀芝主任诊断后，表示认同南方医院给的治疗方案，治疗费用确实也是一笔巨款，只有那样才

能挽救两个人的生命。看到病人的经济状况，又想到接下来的系列花费高昂的治疗，李主任也犯了难，她立刻请示我，问我这两个危重病人是否收治，"如果收治的话，老周，你可要做好亏损大笔钱的准备啊！他们烧伤面积太大，即使按最好的治疗方案，都不一定救得好"。我看着无助的伤者，斩钉截铁地答复李主任："这人命关天，是有钱没钱都得收治，咱们救命要紧啊！"

后来，经过我院的积极抢救，伤者终于抢救成功，二人植皮手术时，我们请了中山大学附属一院、南方医院、广州市红会医院和广东省人民医院的多名专家在两间手术室同时手术，植皮手术做了8个多小时。手术成功后，这些专家无不感慨地说："你们康民医院虽然看着不大，但这次收治两个三度烧伤达96%的病人，还抢救成功，真是厉害。其中有三点让人佩服的：一是敢收治这样极危重病人，即使在三甲医院，这种伤情都不敢保证后果，伤者随时都可能死亡；二是伤患没有缴纳医疗费，你们也毅然决然地收治了；三是你周菊明厉害，能随时组织广东省这么多烧伤科专家同时做手术，这可不是一件简单的事儿啊！"后来针对两位伤患，我院还进行了内部的募捐筹款，即使这样，截至到他们康复出院，也才一共交了9万多元钱医药费，仅仅为诊疗费用的九分之一。我们医院这次的事例传开后,周边地区的病患如增城、从化等地区的都送来我院,烧伤科主任一度累得叫苦连天。

以上所说的例子,只是建院来众多治愈伤患的很小一部分,在我们医院康复的病人至今已经无法给出一个准确的数字。我们就是靠着一个个的治愈案例,积攒起了自己的名声,广东很多地市的病人都来我院治疗。病人多的情况下,虽然对有些经济条件有限的病人收费不高,但我们最终也赚了点钱。

兵商情

像爱护士兵一样关爱员工

部队要打胜仗,就要关爱士兵;企业要发展,离不开对员工的关爱。

前几年,我院的邹姓员工到长沙市出差,不料突发罕见的心脏病伴胸腔积液,急入湖南省人民医院急救。当时湖南省人民医院还无法确诊,后经武汉、北京多方检查会诊才确诊是"淀粉样变心脏病"。但治疗这个病的药只有美国生产万珂牌注射用硼替佐米,每支的价格就高达12780元,而他的病需要每周打三针,16针为一个疗程,药品医保不能报销,只能自费。

小邹来自农村,经济条件比较困难,这笔医疗费对他们家来说无疑是雪上加霜。同年的4月,医院就发出了病危通知,大家都觉得人应该过不去这一年了。家人遭遇这种灾祸,真是晴天霹雳,小邹全家一度笼罩在悲痛之中。我得知情况后，急忙带钱赶赴湖南省人民医院看望他，垫付了所有医疗费并与主管医生商讨治疗方案。在病房里，看着卧床不起的小邹，我安慰他，让他安心治疗，一切费用由我来承担。回到医院后，我组织了动员会，号召医院员工为小邹捐款，医疗费总算有了眉目。通过综合救治，病人身体有了明显好转，现在小邹早就出院休养，只需要定时复诊就可以了。小邹很感谢我，感叹说是我给了他延长生命和活下来的勇气。

在我看来，经营医院跟带兵打仗是一样的，在军队里，领导对自己的士兵负责，要培训管理自己的士兵，也要关怀爱护自己的士兵，同样，我的员工都是我事业上的助手与伙伴，是我追梦路上的同行者，我作为院领导，也应该为我的员工谋求福利，保障我的员工生活顺遂、幸福。

兵商情

仁心济世

医院公司化运营后,我也经历过失意,医院曾亏损上千万;当然也经历过成功,数不清的患者在我的医院里重拾健康。回首人生,我一直觉得自己的经历丰富、充实,内心时常充满感恩。自己在市场拼搏多年,有了一定的积累,总想做些什么事情回报社会。

医院对于我来说,从来不是单纯营利的企业,医院本身,就是让人摆脱痛苦,治愈疾病的地方。所以我热心各种公益事业,在医院所在的天河区,我们多次举办公益主题活动,曾为1万多名小学生提供免费体检,将体检报告数据做成光盘提交给区教育局和学校备案,也积极为外来务工人员体检,共有10万多人次参与体检。

另外,我院还致力儿童视力保健,因为在对1万多名学生体检报告中,我们发现学生近视眼比例比较高,为此我院与江苏无锡合作成立了视光学有限公司广东分公司，研制成功一种多焦眼镜，对矫正儿童近视眼效果较好。为了推广此眼镜，我公司与广州康民医院和广州市眼科学会联合召开广东省县级以上医院的眼科主任学术交流和推广多焦眼镜会议，取得非常大的成功。

1998年，为了响应预防为主的卫生指导方针，切实解决天河区沙河街道几万老百姓的健康防疫问题，我在沙河大街和濂泉路一号开办了沙河顶社区卫生服务站和濂泉路社区卫生服务站，为沙河街道居民服务的社区卫生服务站，建站的房屋租金、聘请社区专业医生护士等所有费用全由我个人负担。

两个防疫站日常工作主要是免费给沙河街道辖区内几万居民逐个建立健康档案，开展上门给街道的适龄儿童送服小儿麻痹糖丸（现在的孩子已经吃不到这好吃的糖丸了）、打各种预防针疫苗接种、卫生防病普查、宣传教育等工作，我聘请了8名沙河人民医院有社区卫生服务经验的医护人员，兼职做社区卫生服务工作。

几年下来，两家服务站没有一分钱效益，还赔了不少老本，但同时，我们收到了很好的社会效益，群众对服务站的工作普遍反映良好。至今，许多沙河大街曾经接受过我们免费巡诊的邻里街坊，与我还有热线联系，他们遇

上许多疑难杂症问题还是喜欢打电话、发微信问我。我感觉，这是一份信任，这份信任，是多少钱都买不来的!

以上这些都是我院一直以来在社会上做的各种公益类项目，而像收治疑难病患，减少或免除穷困患者的治疗费用等事例也是经常在我院发生的。

随着年龄的增长，我也越来越念旧，越来越思念我的故乡。2014年我捐钱为家乡修了一条水泥路。2017年回乡扫墓时，看到家乡有一段泥泞路和一条20多米宽的水渠，隔断了村民的出路使他们出行很不方便，于是又捐款10万元，筑桥并修好这段乡村水泥路。这两件事情，算是我为建设社会主义新农村做出的一点贡献。

老专家

2000年3月的一天,康民医院院长办公室的电话铃响了。我拿起话筒刚说了声你好,对方马上说道:"我是国务院办公厅,请你们的周院长接电话。"

我一听,以为有什么大事,有些紧张地回复道:"我就是。"

对方又一次确认:"您就是周院长?"我说:"是。"

对方这才又说:"我姓郝,您叫我郝秘书吧。我现在国务院办公厅工作,我们听闻国务院保健组有几位专家在你们医院工作,请您代我向他们问好。对于我们这几位老专家,请您务必保障他们的安全和生活。最好是能让他们住部队大院,如果有困难,您可随时给我或国务院办公厅打电话,我们会帮助你。"

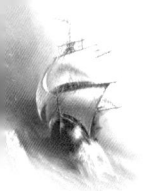

兵商情

我对郝秘书的嘱托一一回复说:"好的。"最后,他说了声"谢谢",我们便结束了通话。

放下电话后,我马上召请在我院工作的几位保健组老专家来开会,向他们转达了国务院郝秘书的问候。郝秘书话里话外都体现出国务院对我院专家的关怀。这些老专家都是后来在我院交流、工作的各院教授介绍、吸引来的。他们可以说是我院最大的宝藏之一,对他们我一直怀着感激、珍重的心情。这次北京来电,让我意识到,这些老人家不只有广州康民医院需要他们、挂念他们,他们还受到来自国家的关照。

在放下电话那一刻,我已经下定了一个决心,于是,我开始动员几位老专家,劝说他们离开康民医院,让我送他们回北京。他们一听,很是疑惑,其中一位忍不住问我:"周院长啊,我以为你把我们叫来是要说医院工作上的事情,没想到你是让我们走啊?"我一听,急忙表明我自己的心意,将电话里郝秘书的话,以及我自己的想法都讲了出来。几位老专家听完后,面面相觑,一会儿,一致答复我说他们暂时不回去,既然来到康民,起码要干到年底再说。看他们这样坚持,我无奈,却也隐隐高兴。高兴在老专家们最终还是认可我们医院,高兴在我还可以跟他们多相处几个月。但是郝秘书的话不得不重视,各位专家来广州后,我都安排了院内舒适的住宅,并且向医院保安强调注意巡逻及安保工作。但是考虑到郝秘书的关心，我最终将他们其中一位中将与一位少将安排在军体院大院住，那里环境两位军队里的老前辈更熟悉，也更放松。并且军体院大院距离我医院只有一公里左右。本来我还安排专车接送他们上下班，但他们又说："住的地方，你要我们去军体院，可以。距离这么近，还要车接车送，你把我们想得也太娇贵了吧！"

我说："路上车辆太多，情况复杂，考虑到您二位的安全问题，我这才安排专车接送。"而二位却说："路况复杂也没有以前的山路更复杂，车辆多，也是走的车道。我们每日走路去医院上班，就当散步，算是锻炼身体，安全方面，我们自己注意就是了。"我知道这些专家都经历过大风大浪，岁月塑造了他们艰苦朴素的生活习惯，也就将车的事情作罢，遂了他们心愿。

专家们果然如他们所说，一直工作到年底，我于是又开了一次会，劝说他们早点回去北京过年，这次，他们终于同意了。

我差人买好了软卧票，在火车站送几位专家时，他们还跟我开玩笑，说："院长，你别以为把我们送走就完事了，我们明年还会来的！"我笑着说："欢迎专家们再来广州玩，但是下次只有放松休息，没有工作，你们忙碌一辈子，现在应该安享晚年了！"

兵商情

大恩不言谢

1997年3月15日的下午快6点,我拿着公文包,准备下班,从沙河顶门诊部走下台阶时,发现一个浑身是血,上身衣服破烂的20多岁男子,倒在门诊部台阶下的路边,口里低低念着什么,我俯身,才听到"救救我"的呻吟声。

我心一惊,粗略地检查了一下,对方身上有多处刀伤,导致失血,男子当时意识已经模糊,我没时间想太多,赶紧叫门诊内还没下班的医护人员和保安帮忙把伤者抬进我们门诊简易的手术室。我放下公文包,快速地检查伤者有无内脏破裂出血,待排除后,仔细检查发现男子体外刀伤与刺伤有11处,有的伤口竟有10多厘米深!虽都没刺到要害,但失血实在太多,引起失血性休克。我们立马进行抢救,对伤者进行了清创和缝合,同时输代血浆输液止血消炎、抗破伤风等综合处理。系列治疗后,病人度过危险，意识恢复后，我们问了其受伤的经过。

原来，这名男子姓张，来自河南农村，乘火车南下来广州打工赚钱，不料一到广州东站不久，便被几名歹徒抢劫，因包里带着他所有的路费和生活费，眼看就要被歹徒抢走，他便拼命反抗，与歹徒厮打在一处，但穷凶极恶的抢劫犯们拿出了刀，小张不但没抢回自己的钱，还被捅了11刀。他受伤后先后也去其他医院门诊部求助，但见他浑身是血又身无分文，都不愿意收治他，有个好心人看不过眼，跟他讲，沙河顶有个门诊部是一个军转干部开的，去找他，即使你没钱，他们也可能会救你。于是抱着一线希望的他，跌跌撞撞找到了这里来，还没上台阶便用尽浑身力气，就此昏迷过去。"如果你们再不救我，我就只能死在广州了，"说这话时，他的眼泪已经夺眶而出，"你们就是我的再生父母啊！"

我听了他的经历，又愤怒又哀伤。我对他说："医生的天职就是救死扶伤，无论对方是谁，我们都要尽全力拯救他的生命。你身上的刀伤看着很惊险，但我学过普通外科和战伤救护，处理这类刀伤，不是什么难事。"

小张在门诊观察了一天，没有发现内出血的情况，一天后，人基本脱离危险期，可以出院。鉴于小张的情况，我整个治疗没有收他一分钱，反而还给他300元的路费和生

活费,并嘱咐他到七天后,如果他还在广州,可以再回我们这里拆线;如果已经离开,那么到就近的医院也可以。

也许是经历这次危险,小张心有余悸,他决定尽快返回家乡,临走前,他扑通跪在了我的面前,哭着说:"救病恩人!我一定会回来感谢您的!"我急忙扶起他,说:"不用谢!一切在我们职责内。"看小张朴素的穿着和淳朴的脸庞,我怕他再出事,便开自己的车将他送到火车站,看他登上回家的列车。

第三章　搏击商海

母子得救了

1997年5月10日的下午6点许，沙河顶的一个外地民工搀扶着破了羊水的妻子杨某进了我们门诊部的妇科，当时门诊部除了我和妇科甘维珍医师还没下班外，所有医护人员都下班了。

羊水破了意味着生产在即，时间不等人，可是甘医师为难了，她对小两口说："我们门诊部只有妇科，没产科，不具备接生条件啊，你们还是要去有产科的医院。"可是那位丈夫苦苦哀求说："请你们做做好事救救我老婆和孩子吧！我们没钱，也来不及去凑了，现在这样子去其他医院也不可能了！我怕母子出问题，特来求你们的。"

甘医师听了这番话，思考了片刻，请示我怎么办。我说："救两个生命与违规接生孰轻孰重？请你尽快救人要紧。"于是，甘医生开始着手做接生前的消毒等准备。

兵商情

很快小孩就顺产出生了。当甘医师正忙于断脐处理婴儿时，站一旁的丈夫突然大声哭了起来，喊叫说老婆已经不行了。

这时，我正离开办公室准备下班。听到男人的哭喊声，便急忙冲到妇科跑去一看，只见生产床旁男人站在一边哭，甘医师忙得不知所措。我急忙过去检查产妇情况，发现对方心跳、呼吸都已经停止了，测不到血压。我急忙对她做心肺复苏、人工呼吸，胸外心脏按压，静脉注射呼吸兴奋剂与心三联，并快速静脉滴注代血浆与能量合剂，要甘医师同时尽快处理产妇生产伤口，进行止血等综合抢救。同时我让那位丈夫拨打120支援，我把枕头用无菌巾包扎后，让丈夫拿着压住妻子的腹部。经正确及时抢救，一分钟后，产妇开始恢复心跳呼吸，中间经历了心脏停搏两次，通过快速补充液体和综合用药，产妇最终生命体征恢复稳定，直到30分钟后120救护车赶到。

救护车到了，但小两口却不愿意离开，他们说在这里人死了都能救活，并且自己没钱都能得到救治，去了其他医院身上没钱不能得到及时救治，恐怕再出危险。我们再三劝说，他们都不听。最后，我们说只有去医院孩子才能开出生证，听闻这话，小两口才勉强跟救护车去医院补开出生证。但第二天，小杨和她丈夫就出院又来到门诊部，一是检查身体；二是要我们给新生儿打破伤风针；三是感谢我们抢救及时，让她重获新生；四是来写个欠条，承诺有钱后一定会来补交这救命钱。

十天后，他们真的把医疗费全部交清了，还带来水果表示感谢。

兵商情

无名的患者

2001年8月21日的下午两点半,我们广州康民医院二楼门诊部内分泌科,来了一位57岁老太太李某,慕名专程前来看自己多年的糖尿病。

不料,刚刚挂了号走到二楼,老太太对身旁人说觉得自己胸前闷痛难忍,随后便倒在地上说不出话来。但没想到,一起跟她来的男子见状吓得悄悄地溜走了。门诊部医生赶紧打电话给我说明情况。我立即跑下楼去,初步诊断患者是急性心肌梗死,立即安排医护人员将她就地放平进行抢救,然后用硝酸甘油、吗啡镇痛,利多卡因静脉给药,同时心电监护、吸氧等综合处理后,老太太病情有所缓解,后来才转入病房抢救。这时,患者不但没交一分钱医药费用,我们甚至还不知道病人的姓名和其他基本信息。

到了第二天病情稳定后，老人告诉我们她女儿的电话。她是北京人，是来广州做生意的。跑掉的那个男子是她的生意合伙人，不仅把发病的她一人丢在医院，还把她看病的钱都带走了。次日，老太太的女儿带着医疗费，乘飞机来医院交了费用，并感谢我们救了她妈妈的命。

兵商情

援手伸去远方

我实在是打心底觉得,人无论在哪个阶层,无论贫穷或者富有,他的生命都应该得到尊重,他们都应该拥有追求健康的权利。我一直这样想着,也一直为了自己的想法而这样实践着。我的康民医院可以帮助广州本市的许多伤患摆脱身体上的痛苦,而其他地区的病患因各种原因不能得到医治的,我一旦知晓,也会忍不住去帮助他们。

粤北山区乐昌市坪石镇转村管理区,一位快7岁已到上学年龄的小孩王某,因患有先天性心脏病室间隔缺损与主动脉瓣下垂,严重影响他的身心健康,他因这个病活动受限,发育迟缓,还因为这个病而不能上学。

一次偶然的机会,我得知这个孩子因家庭贫困无力医治自己的疾病。看到他的情况,我回想到自己童年时遭遇的种种贫困和不幸,真不想让新时代的孩童经历痛苦,抱着这样的决心,我果断伸出了援助之手。为不影响小朋友按时上学,得到他父母的同意后,我马上通过广东省卫生厅原张副厅长的关系,与广东省人民医院心研所张副所长取得联系,并答应尽快安排孩子来广州广东省人民医院心研所进行检查和手术。

在广州第一次看到这位小朋友的时候,他因为长年的病痛,长得比同龄孩子瘦小很多,面容憔悴泛着青黄,像被风霜打蔫的小树苗,他的眼里仍然有孩童的天真和对未来的向往,同时也有着被病痛折磨后的仓皇与痛苦,看着他,我们很多人心都揪了起来。我更觉得自己的决定是正确的,我一定要帮助他拥有强健的体魄,让他拥抱属于他自己的光明未来。

张副所长尽心安排并亲自进行了手术,历时长久的手术过程中,许多人都期待着那扇门的打开,终于,我们得知手术很成功。孩子的全部医疗费用由我负责支付外,我还一直陪护跟踪,几周后,小朋友康复出院了,他能像同年龄的其他孩子一样按时上学了。通过彩超等复查,小朋友身体的各项指标非常正常,几个月再见到他时,他的面色变红润了,身体也长高了,体重增加了几公斤。当我看到他健康的状况,听闻他在家乡顺利入学后,内心感到由衷的欣慰。

兵商情

无独有偶在湖南省宜章县的一个偏远小山村,我听说有一户农家,在生活非常艰难的情况下,女主人王某兰不幸患了脑肿瘤,肿瘤压迫视神经导致双眼失明,她的身体每况愈下,生活已经不能自理,这对她家庭来讲如同雪上加霜。女主人一度产生了轻生的念头,她的丈夫没办法只能整天陪伴妻子,安慰她好好活着。这种情况下,家里更是度日如年,只能靠少量的社会救济维系生活。

我偶然得知这一情况后,就想办法和她家人取得联系,我提出自己想负责王某兰的全部医疗费用,在征得男女主人同意后,我请王某兰到广东省人民医院肿瘤科住院检查治疗。

在省人民医院经头颅核磁共振检查诊断王某兰为脑垂体腺瘤压迫视神经导致双眼失明。当时给出的会诊意见是:必须手术治疗,但风险很大,稍不注意就有生命危险。最后经过几轮讨论,省医院决定对患者实施分步手术,不一次全部切除肿瘤。最后按会诊后医生的意见,医院请了最有经验的主任亲自主刀,做了肿瘤切除手术。王某兰术后十天出院,带药在家继续治疗,按医生的要求按时复查。

这个手术本身十分复杂,但是在大家的努力之下,奇迹还是出现了。几年后,王某兰的眼睛慢慢恢复视力了,不仅如此,她还在县城找了一份力所能及的工作,这样可以挣到自己的生活费用,顺便补贴家用,她丈夫也可以安心劳动了。这样一来她的家庭生活有了明显改善。

以上两个事例都是我在听说病患得不到治疗后,脑门子一热做出帮助的决定,但幸运的是,我所伸出的援手,让他们切实得到了帮助,我的善意,最终得到了不错的结果。

兵商情

烈士员工

  2005年11月10日,这是一个值得我终生铭记,值得我们广州康民医院全体员工铭记的日子。

  这一天,是我们广州康民医院保安杨文凯的休息日。当他上沙河大街买东西时,正好碰到一名歹徒抢走了一名女士的金项链和耳环。随同她的家人一起喊抢项链了,这时杨文凯毫不犹豫、奋不顾身地追向歹徒,追了几百米后歹徒转向一小巷,无处可逃的时候,追得有点乏力的杨文凯冲上去想抓住歹徒要回项链时,不料穷凶极恶的歹徒拔出刀子刺向了杨文凯的心脏!

  杨文凯强忍着剧烈的疼痛,冲向歹徒追了两米远才倒下。当时周围的群众报了120与110,医院救护车来急救时,杨文凯的心脏已停止了跳动。一位见义勇为的英雄就这样倒下了。全院上下和他的家属感到无比的悲痛。派出所、区、市公安局立即成立了专案组，区长带领公安局局长到我院安慰员工，同时现场指挥侦破，几个小时后就抓到了凶手。

杨文凯保安生前向广州康民医院党支部递交了入党申请书。牺牲后，天河区委组织部部长带队到医院开支部大会时，追认杨文凯为中国共产党党员和见义勇为的英雄烈士。省、市、区、街道各级领导和公安局都参加了杨文凯的追悼大会，并向其家属赠送了省、市、区的见义勇为慰问金，还召开了号召向杨文凯英雄学习的大会。

杨文凯成为见义勇为的英雄，是我们的光荣，也是我们的骄傲。同时，这绝不是偶然。因为，我们广州康民医院自开办以来，长期坚持教育员工弘扬正气，不断开展"救死扶伤做标兵，见义勇为当英雄"活动，涌现出许多英雄模范人物，受到党和国家、当地党委政府和人民群众充分肯定，我们收到的好人好事感谢信和锦旗，每年不少于100多件，平均两天就有一件好人好事。

坐在挂满锦旗和奖状的会议室，我常常闭目遐思，如果我们的社会，每一个单位、每一个个人，都能坚持做好人、做好事，该有多好啊！

正义的事业，赢得的是社会的广泛认可。通过低调做人，高调做事充分发挥自己的潜能，努力拼搏赢得了行业

兵商情

的认可和社会的赞扬。广州军区委托广东省电视台为我拍摄了军转干部自谋出路成功专题纪录片,省电视台派出摄制组准备以20天的时间从部队政治部门到地方组织人事部门、卫生行政部门与我单位及家庭循序拍摄。

时间,对我来说就是生命,多一些时间就多一些救治生命存活的机会。通过我再三要求,拍摄时间缩短为一天,专题片拍好后在广东省电视台卫视新闻与《社会纵横》栏目中播出。

奋不顾身制命案

2002年6月8日发生了一件事情,这件事儿让我现在想起来都觉得有点后怕。

那天9点左右,我背着公文包从天河区濂泉路往康民医院走,刚路过濂泉路1号铺位前面时,突然发现一个搞装修施工的30多岁的工人举起一把铁铲朝一个40多岁手拿一汽车锁的人头上劈下去。眼看一桩人命案就要发生了,说时迟那时快,我一个箭步毫不犹豫地把快要劈到司机头上的铁铲瞬间夺取了过来,并用脚踩在地上。而这时那司机猛然转身见我夺下了劈他脑袋的铁铲,顿时反应过来就准备拿起手中的汽车锁头扑向从背后袭击他的那个工人。电光石火间我朝那个司机怒吼了一声并抓住他打过来的汽车铁锁,制止了他。见我一个陌生人如此勇敢并且一瞬间就制止了他们,工人和司机两人同时感到惊讶并有所顾忌,两

兵商情

人同时停下手来看着我。而我通过了解情况才知道整件事的缘由竟是工人不小心把水泥的泥浆水搞到那汽车的挡风玻璃上面，司机见状心里不爽遂与工人发生激烈口角，最后两人怒从心头起，恶向胆边生，一时脑热才会有接下来荒唐的这一幕。为了让他们意识到错误，我晓之以理，动之以情地劝说，让他们冷静下来并认识到自己的错误，后来双方互相道歉便各自离去。我就这样奋不顾身地及时制止了一场差点发生的命案。

成功兼并收购

走出军营投身商海三年后,我已独资拥有一家医院、一个门诊部和采芝林连锁药店、一个视光学有限公司,还合资办了另外一家医院。

2005年,区领导找到我说,在棠下解困区有一项广州市市长和市政府的民生工程,也是广州市的区域规划医院,要求天河区投资兴建,但天河区当时还没有区人民医院,要求我来完成这个任务。为了不辜负区领导的重托,切实解决棠下社区与周边60多万人看病难的问题,我欣然接受了这个任务。

但这个项目完工需要投入使用经费约2亿元。我的资金不够,要通过贷款等多方融资来解决。我为此做了详细的调查,通过调查,我了解到这个医院项目的土地,早几年已被广东某房地产开发投资有限公司向政府申请揽到公司,但由于资金不到位、地价款没交齐,政府迟迟没把土

兵商情

地交给该公司。项目一拖就是几年,市政府只能限期房地产开发投资有限公司开发该项目,否则收回这片土地,眼见时间一天一天迫近,项目仍然没有什么动静。

最终市政府将项目作为市长与市政府的一个民生工程来抓,把任务交给了天河区政府尽快落实解决。于是,天河区政府的领导和这家房地产开发投资有限公司的董事长,先后几天里都找到我,谈了兴建医院和转让土地的事宜。起先,面对这样一个需要庞大支出的项目,我是有些犹豫的,但是我了解那片区域的情况,这片廉租房内,困难户很多,是天河区管辖内低保户最集中的社区,社区内居民很多都带有伤病,但是没有得到很好的医治,周围的相关配套都不完善,作为一名医生、一个医院的院长,解决60多万人看病难的问题,对于我来说才是最终的目的。但是手头的资金不够,我为此犯了难,左思右想,我决定先把地产公司收购,将土地的各款项全部结清交给政府,这样就为后面的建设赢得了时间,建医院时就可以一边筹措资金,一边投入建设。这样我前后花了3000多万元,总算保住了项目和土地。

自那以后,经过一年的各项筹措,医院的建筑终于建好了,内部大部分也已装修好了,但是还缺少部分的装修款和购置医疗仪器设备与启动资金,为此我又走上了漫长而艰难的融资之路。

智斗黑势力

2005年12月的一天,我和往常一样提着包去单位上班,不料一进办公室,有五个腰大膀子粗的陌生男人尾随我进了办公室,他们一进办公室的门,就将门一关并从里面上了闩,一个大个子背靠着门站着,五个人全部齐齐对着我,顿时我感到不妙,但军人出身的我仍然保持镇定,我问他们:"你们干什么的?为什么关上门?把门打开。"

对方不回答,只恶狠狠地说:"拿钱来,我们就开门。"我一听,这简直是赤裸裸的威胁,于是提高了嗓门:"我不认识你们,也没欠你们的钱,拿什么钱?再说我这办公室也没放钱。"听闻此话,他们其中一个人拿出一把匕首,走到我办公桌前,将匕首往办公桌上用力一放,同时拿出了一张欠条。

兵商情

我接过所谓的欠条一看,发现上面金额高达700多万人民币。看到欠条上写明我欠房地产公司汤某的钱,我回想了一下,恍然大悟。我赶紧让自己冷静下来,对着五个人说:"你们都请坐吧,我们不要站着说话。"于是除靠门站的那个人,其他四人全都坐下来了。我说:"我收购汤的公司与项目是有合同的。我们都按合同履行,有严格的职责和付款时间要求,现在我不存在欠汤的钱呀!我们一切都按合同履行就行了,退一万步讲,就算我有欠款,也不需要你们以这种方式来催要!"对方并不理我的话,只听他们继续恶狠狠地说:"你就说给不给钱吧?"

我想这样跟他们讲道理看来是没用的,但目前情况我太被动了,硬来肯定更不行,办公室的门紧闭,外面人根本不知道里面发生着什么,我一个人对着五个不好惹的角色,只能采取缓兵之计。我看着他们不善的脸色,松快地答复说:"行,给我点时间,我后天给钱吧!"他们看我说话很干脆,似乎放了心,于是起身想走,临走前还放下狠话,冲我说:"如果三天不给钱有你好受的,咱们走着瞧!"

待人走后,我接着打电话联系那位汤某质问他想做什么,对方一听是我,豪横地说:"这个项目我搞了几年都没搞下来,我实在想不通,你一来就把地价款交清,建筑也动工了，要么你把项目还给我，要么我们合作，否则我让你什么都搞不成。"我听这话，心里十分愤怒，也有几分苦笑，对方只看我项目动工，却不了解我正面临多么大的困难，但是我现在说什么他肯定不信，并且我对他做事的风格实在反感，于是我对电话里的他说："就凭你搞黑道那套，我就怕你了？那还要法律干什么？让你这种手段把我吓住，那我几十年的兵岂不是白当了！"放下电话后，我就向当地派出所打电话报警。

派出所的伍所长很快就到了我办公室，听完我整个事件来龙去脉后，他说："周院长，不用怕，有我们呢，我开警车送你回家，保障你的安全，同时我会尽快处理好这个案子的。"当晚警察就把汤某和相关人员控制住，带到了派出所进行审讯。

我起先接手项目，是为了和政府一起将解困区的医疗条件提升起来，汤某公司当时拿着那块地只等着被收回，什么都做不了，我通过种种努力，最终将土地欠款补齐，让项目得以顺利开工，现在我还因钱的事情日日发愁，谁料想项目开动本身对他人来讲竟然成了嫉恨我的理由！

通过这件事我真正体会到社会的复杂性，江湖的险恶！这件事后，我对医院的安全采取了相应措施，办公室内安装了摄像头，加强了医院安保，并交代保安说，等第

兵商情

三天歹徒有可能还会来拿钱,如果看到来者不善,先不要阻止他们,反正办公室内有摄像头,正好来拍摄录像取证据。第三天那五个人果然来了,他们闯进我的办公室,当时我未在办公室内,但摄像头将一切都拍了下来,而后我把录像视频证据给了派出所,也告诉给汤某,证据确凿,你等着法律的制裁吧。最终这件事情过去了,我终于摆脱了黑恶势力的纠缠。

融资贷款坎坷路

做棠下项目的时候,我将之前积累的那些钱全部投进去了。等医院建好了,由于缺部分装修资金和购买医疗仪器设备与开业的启动资金,一段时期内,还无法正常投入使用。为了筹资金,我又开启了一段艰难的历程。

当时医院的大楼基本是闲置,什么也做不了,医院跟学校、政府办公楼一样,建筑都不能抵押贷款。迫于无奈,我那时只好把自己正常运营的一个医院的收费权和非固定资产抵押给担保公司,再由担保公司担保向国家开发银行贷款3000万元。

这种方式下,贷款很快到位了,可是好景不长。正当我们抓紧装修和购买医疗仪器设备准备开张时,贷款的国家开发银行内部却不知道出了什么问题,要把所有放出的贷款提前收回。原本我贷款期限是4年,但还不到一年时

间,就要提前还贷。这对于我们来说,无疑是釜底抽薪、雪上加霜,棠下医院的项目眼看着无法继续向前推进,只能停顿下来。此次贷款提前还款给我造成的直接损失与间接损失是不可估量的,可以说是致命的打击。

之后我方多次与银行方面联系交涉无果,只好和贷款担保公司打起了官司。官司一打就是3年,浪费了大量的时间和精力,还有金钱的损失。如果时间倒流,我怎样也不会料到自己心底那个闪闪发光的梦想实现起来会如此艰难,从此我走上了漫长的融资坎坷路。

银行的钱多是锦上添花,鲜少雪中送炭。相信很多和我一样在市场上拼搏多年的朋友,都会同意这样一句话。

医院资金链出现问题,眼看着时间一天天流逝,我真是心急如焚。后来,我开始想其他的办法,找资金,那段时间我的足迹遍布各地,从上海到北京再到深圳、香港、台湾甚至是新加坡、美国……我经历了一次次的拒绝,自己也一次次地灰心,但是一夜过去,便又像上了发条一样往各处奔去。后来广东省国资委下某集团伸出橄榄枝称愿意和我们合作开发,条件是以后要增资稀释股份,我权衡一下,这样发展下去,最后我的医院会被无形地吃掉,这叫我如何舍得,项目后来没谈成。我承认在项目上我有私心,一个个医院项目就像我的孩子,我一个都不想放弃,后来台湾的长庚医院，中山大学附属第三、第六医院都对我表示出合作开发棠下医院，但我怕这家医院最后脱离我个人意愿发展，最终也没有同意。

但没有钱项目就不能启动，一个时期，我甚至到了"走火入魔"的地步，只要听说哪里有钱可投，就全力以赴地去争取，每次争取都要准备大量的各式各样的资料，同时支付高额开销，整天都在跟各董事、老总一起谈判，有时还要一起吃喝、陪玩，几年下来，钱没筹到，反而还损失了不少。

有一次，听到一位酒桌上认识的朋友介绍说，北京国贸大厦有个美国华尔街一号驻北京投资办事处。那人跟我说，如果想筹资金，可以到这个单位试试，借钱快利息还低。我听后大喜，以为自己终于是"拨开云雾见月明"了，于是连夜带了律师和相关资料就去朋友说的地方，那个办事处办公室就在北京国贸大厦28楼。办事处的经理看过我们的资料后，认为项目很好，同意借钱，但需要我们提供全美式英语的商业计划书才可签合同。一直在广东做医生的我哪知道什么计划书，便想着找人外包帮助我们来起草，多方打听下，我了解到一份完善的外文商业计划书，北京具有资质的单位做要80万元人民币，广州的最低也要60万元人民币。我当时哪还拿得出这些钱，只好自己

兵商情

硬着头皮问经理商业计划书大概需要什么内容，然后回到广州用了两天两夜时间，自己写好，再由女儿翻译成英语送到北京。他们看完计划书，询问是找的哪家单位做的，我说自己做的，对方停了一会儿，说商业计划书需要盖有相关印章，自己写恐怕不行。无奈，我只好按他们要求，在北京找他们指定的有关单位提供资质资料，对方只须在我们已经写好的计划书上盖章，这一下就花了四万多元，后来他们多次还派人到广州考察。考察期间又有许多借口，最后筹款也没成功。

那时我还打听到新加坡某公司，专门投资创办医院、学校等公益事业，在印尼、马来西亚都有他们投资的医院和学校。公司执行董事是个英国人，我和他是经国内美国驻广州商会介绍认识的，这位董事听闻我想拉投资办医院，先要求我交中英双语版的资料，提交后对方同意到现场考察，只要符合条件20天之内资金从香港拨到内地，结果考察了一圈，接待费花了不少，投资的事情却再没了后文。

还有高校校长朋友也好心来介绍，他当时结识了一位神通广大的老顾问，二人一同来到医院现场考察，看完医院情况和相关资料后，那位老先生也打包票说要帮助我，还允诺回头帮我联系中国香港、美国方面的关系，让他们帮忙投资。但半年过去了，美国的长途电话也打了不少，结果还是一场徒劳的美梦。

　　类似的事情不一而足，可即使这样，命运的浪潮还是无情地继续扑向我那摇摇欲坠的小舟。现在想来，也是我当时为钱发愁，太过心急，让人发现了可乘之机。当时我和我们副院长（也是原广州军区卫生部处长，转业后任芳村区卫生局副局长芳村区人民医院院长，是我相识多年的老朋友）还有原云南省昆明市汤副市长一起吃饭，汤当时也正愁其管辖地区某地段修路的事情，三个男人坐在一起，愁云惨淡，也许是我们眉间的愁绪引起骗子的注意，有团伙假借投资名义，把我们几个坑得团团转，尤其是我方，损失了许多，事后发现被骗的时候，我们几个人心都凉了。

　　逐渐地，公司财务开始出现赤字。各方压力如洪水猛兽般涌来，政府要求尽快开业的压力，周边老百姓看病难的压力，还有媒体舆论的压力。天知道我当时经历了多少个不眠之夜，从那时起，我的身体也越来越虚弱，血压高了，体重也在减轻，周围人都开始担心我撑不撑得住。有时在不眠的深夜，我也扪心自问："周菊明啊周菊明，你为何安排好的工作待遇丢弃不要，自个儿跑来受这份罪，真是'叫花子背米不动，都是自己讨的'！"发泄般

兵商情

地问完这些问题,结论还是我自作自受,别无他法,面对着漫漫长夜,只能打碎了牙齿往肚里吞,要不是早年生活磨炼出来的坚强意志我想那种情境下,换别人也许早就放弃了。

现在说起当初创业的困苦,我还是觉得后怕,真怕如果那时候自己稍微脆弱一点,就走向了万劫不复的道路……

绝处逢生

筹不到资金，项目搁置下来，但钱还是一天天地只出不进，经过几次的失望，再加上被骗，我整个人灰心丧气，在多年人生中，这种感受实在不多。但我这个人有股韧劲，在那种情况下，还是咬紧了牙根撑着。

在几次不成功的融资后，我发现自己太过冒进了，我强迫自己冷静下来，慢慢开始梳理以往的思路与做法，分析当前的形势，找出切实可行又符合自己的解决办法。当时只求其他机构投资看来是很难的，我又不愿意将医院的管理权拱手让与他人，没办法，我只能找寻与我在经营上志同道合的合作伙伴。我给我的合作方先预定了几个原则，在这种框架之下去找寻。

功夫不负有心人，在多方打听、努力下，我终于找到了既能保住我对医院管理权，同时又能帮助我一起建设医

院并提升医院品牌的伙伴。当时,我这样分析自己,在建设医院中,我缺少的只有钱,我拥有的是自己的技术、个人的一些影响力,另外就是经营医院的核心精神,所以对于我个人来讲,我和任何人谈话的前提都是公平的,我并不是一无所有,怀着这种态度,我重拾了自信,和对方开始谈判,对方是拥有4个律师的上市团队,几轮谈判下来,对方表达了同意合作的意愿,我赶忙亲自起草合同,然后对方花费百万元请律师修改,然后又是几轮紧张的反复谈判,终于双方合作成功,棠下医院在2010年9月正式投入运作。

据估算,棠下医院获得总投资超两亿元,在一年的精心打造下,2012年1周年庆典时已经通过JCI国际认证,当时医院内共收治了来自世界上57个国家的病人,外籍病患竟占60%左右。庆典当日,国务院卫生部领导和中国工程院院士,省、市、区、街道各级领导代表都莅临现场来庆祝并指导工作。57个国家的领事馆官员各带了一面国旗,插在了医院大楼的广场前面,一时间,庆典现场好像召开国际大型会议一样隆重。时任印尼卫生部部长也参加了庆典并代表各国官方讲话,并赠送了医院一件珍贵的礼物,后这件礼物就一直摆放在医院荣誉室。

棠下医院的项目在经历了种种波折磨难后终于走入

正常轨道,正是柳暗花明又一村。我想起在转业前,自己也曾担心过创业多艰险,但是真正熬过这些痛苦之后,面对成功的甜美,心中的滋味更如新生一般美妙,正所谓:"宝剑锋从磨砺出,梅花香自苦寒来。"

二〇〇五年九月原省、市、区街道领导在奠基仪式上讲话时合影

二〇〇五年九月原省市区各级行政部门领导参与奠基仪式

兵商情

打官司

在自谋出路的商海里,"狂风"瞬息万变,"恶浪"排山倒海。有时你想躲都来不及,想逃都逃不掉,创业一方面需要有资金,一方面需要有能力,还有一方面,需要懂法律。我在商海这些年,其中两个方面我前文已经都提及过了,这里我想说一说那些年我打过的官司。

很多法律上的纠纷,我都是在被逼到一定地步做出的无奈之举,咱们国人讲究"和气生财",如果不是到了一定地步,谁愿意对簿公堂呢?可是新时代确实不一样,法治的社会还是要求我们每一个公民都懂法律、信法律,必要时,也要利用法律来保卫自己。当我遇到必须与对方打官司的事件时,总是安慰自己,我作为一名老兵,打仗都不怕,还怕打官司吗?想到这里,我心里便会踏实很多。面对企业发展中遇到的矛盾和问题,我们应该懂得拿起法律武器去应对错综复杂的矛盾纠纷与风险。

我想说的第一件案子，便是关于银行提前回收贷款的那件事情。当时我将自己正在营业的医院和其他资产做抵押，通过中某担保公司担保向国家开发银行广东省分行贷款3000万元，但因银行内部出了一点问题，要求所有贷款提前收贷。记得当时是担保公司的周总和银行某处长带人与我开会商量提前收贷，会中我个人表示坚决的反对，三方各持己见，会谈最后没有一个结果。但是对方却擅自停止了对我司的放贷。已放贷的1000多万元，银行从担保公司的担保费中强行扣回。担保公司当然不愿意承担这方面的损失，于是找我来要。我当然是反对的，并且跟对方摆事实讲道理：一、根据贷款合同没到期提前收贷属银行违约，又不能说明提前收贷的正当理由，所以银行造成我们的损失应该赔偿，而且担保公司也要赔偿我方的损失。二、中某担保公司担保我司贷款是收了一定比率的担保费的，有300多万元，没有保障我司正常贷款发放并且提前收贷，收了担保费没有起到担保的作用，理应负造成我司损失的全责。

面对我的指责，担保公司不想认，因此双方打起了官司。这案子一打就是3年，这时我司的项目全面停工，每天支付的费用达3万多元。那种情境之下，我走上了融

兵商情

资的路。其中的艰难苦涩，在前文中我也提到了一些，一直到2009年，我终于找到了现在的合作伙伴，手头稍微宽裕后，我和担保公司的官司还没有打完，双方于是各退一步，和解了，我这边以经营自己的医院为重。

第二件案子是跟建筑公司的。我的项目中标后，工程由某个包工头承包挂靠在一个建筑公司里，这都是后来才了解到的事情。当时项目开工的前期还很正常，但一到后期工程，他们就开始挖空心思在施工上偷工减料，减少施工项目的承包内容，故意找借口延长工期。我们多次通过建设局和广州市建委调解无果，对方的拖延和不负责给我们造成了极大损失，但为了项目，在损失500多万元的情况下，我们跟对方公司提前结算让其退场，他们退场后，我们又马上请其他工程队继续完成剩下的如排水、外墙等工作，完工后，我们多付工程款1100多万元。后来最初的建筑公司作为施工方，又不配合提供验收资料来协助完成最后竣工验收备案。更可恶的是包工头找到质检站某个老乡工程师配合他找我们建设方的麻烦，将他施工方的问题转嫁给建设方，使得整个项目更加复杂。

后来我才知晓，对方和原出让土地的公司汤某合伙，想让我搞不成项目，等我一失败，他们便再以合适条件将项目收回，坐收渔翁之利，本书《智斗黑势力》一文便讲述了他们后来找人在我办公室威胁我的事情。不光如此,对方还写匿名信告我,捏造各种罪名强加在我身上,害得我大晚上被警察带走问话。后来虽澄清了,但遭受了这些事情,任何人也忍不了,我便在天河区法院提起诉讼,将这些处心积虑的不法分子告上法庭。案子一直诉讼到广州市中级人民法院,最终我方全胜,广州市中级人民法院委托天河区人民法院执行局,强制建筑公司赔偿我司多付的工程款,以及限期对方提供施工方的竣工验收资料,协助我们完成验收备案。可笑的是,判决执行时,那个包工头詹某某因其他问题已被逮捕,无法提供资料。法院只好发协执函给广州市天河区建设局和天河区质检站要求协助强制执行完成竣工备案资料。

  本以为事情到此应该就告一段落,谁知还有后话,这就牵扯到我的第三件要说的案子,我们医院被莫名其妙地强制查封第六层约3000平方米办公面积。

  当我收到来自法院的强制执行函时,发现上面说明我欠叶某钱,逾期未还。我看着执行函整个人震惊得说不出话来,心中充满了疑问:第一,我根本不认识叶某,何来欠款;第二,既然我公司是被告,那么从诉讼到开庭判决,我完全不知道,更没有参与;第三,我医院在天河区,一般的资金往来也都在天河区,但这个执行函上写的

不是属地法院。一连串问题充满我的大脑,我带着律师来到发出执行函的法院,提交执行异议说明了以上情况。后来,法院给我们复印了一份判决书,并终止了执行。在最后,我们才终于查明,我2005年5月因项目收购的投资公司原法人和股东以某房地产投资公司的名义向建设银行贷款未还清,后来银行把债务资产打包转让给了东方某公司,这家公司后来被叶某收购。这个叶总看到我们医院开始正常运作了,所以就跑到法院悄悄地起诉我。其实早在那之前,2003年建设银行已经起诉了借款的房地产投资公司,当时法人就是前文里的汤某,同一时间,法院还没收了一个汤某在天河区的铺位,但因找不到汤某中止了执行。一系列的调查后,整个事情的来龙去脉才清楚。当年我收购时,汤某故意隐瞒了其身上的所有债务,所有经济及法律责任应该由汤某承担。

由此,便引申出了第四件案子,根据越秀区法院的判决书689号为依据,我们三个股东向广州市仲裁委申请对原广东某投资公司的三个股东进行仲裁。经过几个月的审查,裁定原来股东向现在股东赔偿一切经济损失,并委托越秀区法院强制执行原股东汤某兄弟及何某某三人。后来汤某不服,又申诉到广州市中级人民法院,理由是叶某在越秀区法院起诉广东某投资公司的欠贷案于2003年已在天河区法院起诉过，以一案不可二诉的理由推翻了越秀区法院的689号判决裁定，也就等于推翻了广州市仲裁委的仲裁裁定，后越秀区人民法院就689号案件进行了再审判决。天河区人民法院2003年未处理的贷款进行再次认定判决，撤清了原天河区法院判决的部分。经再审查明现广东某投资公司，也就是我，已经按689号案判决全部付清了案件所欠款项，并有叶某收款收据。此外越秀区人民法院还提供了要求叶某退还给投资司300多万元的裁定书。

  根据裁定书与叶某的收款收据，天河区人民法院经过5个月的调查审理，始终判决汤某某兄弟及何某某败诉，赔偿300多万元给现在的三位股东。

  最后一个案子，也是我目前来讲经历的最痛心的一个案件。广州康民医院本是我下海后一手兴建起来的，是我的第一家医院，在精心经营下积累了不错的名望，是周边地区数得上的民营医院。后来因为搞棠下医院项目需要资金，我忍痛把康民医院转让给了郑某与徐某。但因各种原因，他们欠我34万元没给，经多次追要后，仍欠28万余元，对方从此赖着不给了。无奈，我将自己一手建起来的康民医院起诉到了天河区人民法院。对方败诉后不服，申诉到广州市中级人民法院，中级人民法院也维持了原判，并委托天河区人民法院执行局强制执行，终于才拿回我应

得的28万余元。

　　创业多年来,我认识了许多朋友,当然,也有很多人对我虎视眈眈,以上的大部分案子都是在我承接棠下医院项目后发生的,为了这个项目,我当年实在付出太多太多,以至于最后竟亲手将康民医院送上法庭,现在想来,真是不胜唏嘘。

第三章 搏击商海

飞机上救人

那是2008年的一天，我从北京回广州，那会儿我正经历着北京融资失败，精神不佳，手头也紧。当时买机票时觉得直达机票实在是昂贵，算了又算，我决定从北京乘高铁到天津，然后在天津的滨海机场乘387航班，那班飞机往返票打了4折，往返费用加起来比一张直达北京的全机票还要便宜，当时的境况，我已经连这种钱都要算计着花，反正省钱不犯法，对于失意生意人来说能省下钱来也是一种欣慰。

在滨海机场，我搭乘上了返回广州市的飞机，本来一切如常，我心里记挂的是广州生意的事情，整个人都有点心不在焉的。就在起飞不到半个小时的时候，飞机上的广播响了，机长在广播里播报了一条紧急救人的消息，说有一位65岁左右的女乘客突然昏迷不省人事。广播声落，全

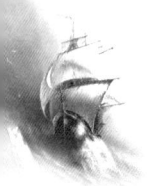

兵商情

机的乘客都窃窃私语起来,一时间周围充满了好奇的询问与惊惶的不安,过道里乘务员和稍懂一点医学的人在紧张地来回跑动。病人周围被围得水泄不通。我也从沉思中回过神来,看到病人旁围满了人,以为已经有其他医生赶过去,病人多半不会有危险。

不料一段时间过去后,广播再次响了起来,仍然是求助通知,只听广播里询问道:"机上还有有经验的医生吗?否则只有遗憾地预告全体乘客,飞机只能就近降落救人了。"这时,我才感到事情不妙,赶紧跑到病人身边。我简单检查了一下病人情况,推断女士可能是由于心绞痛引起的心源性休克,我立即告诉机长和乘务员,我是心血管副主任医师,请求他们立即给病人吸氧,同时吩咐周围人让病人平卧,尽量不要移动她。

忙完这些后,我问乘务员机上是否有急救箱,请他们尽快拿急救箱给我。同时撬开病人口腔,把自己随身携带的救心丹放到患者舌下4粒。乘务员很快将急救箱拿来,我试着探病人的脉搏,当时脉搏几乎触不到了,测血压的结果也十分不理想,是休克血压,心率也十分微弱。情况一时间十分危急,我立即取硝酸甘油给病患,放置舌下含服,并催促乘务员给其吸氧,一系列的紧急抢救措施下来,病患双目仍是紧闭,机长和乘务员焦急地问我:

"医生,情况怎么样?可否医救?我们飞机是否需要紧急降落?"

因机上抢救条件非常有限,我虽经验丰富,但面对一个如此急重的心源性休克病人,在心电图仪和心电监护仪都没有的情景下,我对此也没有十足的把握。看着周围焦急的人们,我犹豫了一下答道:"给我15至20分钟时间,我会给你们一个答复。"

机长将我原话,通过广播传达至全体机组人员和乘客,说完,机舱里变得十分安静,我知道,所有人都开始在看时间。

嘀嗒嘀嗒,时间一分一秒地过去,在场所有人的心提到了嗓子眼里。15分钟后,病人苏醒了,面容依然苍白且疲惫,但这时她的心跳脉搏开始有力,血压恢复了正常。我又将自带的地奥心血康胶囊、复方丹参滴丸和肌苷片给病人口服,然后,我告诉机长我们可以飞到广州,不需要紧急降落了。

机组人员和乘客纷纷向我投来敬佩和感谢的目光。机长和病人家属连声说谢谢。机长说:"你不但救治了病人,也帮了我们机组所有人员,没有影响我们的安全奖。"说完,他反复询问我的名字、单位和电话,表示要登报感谢我。我表示自己只是一个医生,救人是我的职

责。回到座位上时,空乘小姐端来了咖啡,飞机落地时,空姐还代表机组人员拿来两瓶法国红酒说要给我以表示他们的感谢,对于这些,我都谢绝了。

到了广州后,两名乘务员特地来我身旁,帮我取下行李,并陪伴我让我暂时不要下飞机,待所有乘客都下了飞机后,机长带领全体乘务员向我走了过来,他们依次排开站在过道两边,他们是在列队向我致敬!我既感动又有些不知所措,在空姐强烈的要求下,他们帮我提着行李,要送我下机,其间硬是偷偷地把两瓶法国红酒放进我的行李袋里。

我婉拒了机组人员的美意,拿回自己的行李,把两瓶法国红酒放在座位上,自己提着行李赶紧跑下飞机。当我走远回头望去,只见蓝天白云下,银色的机翼旁,所有机组人员还在列队向我致敬,久久不肯离去……

第三章 搏击商海

医院的荣誉

我之所以一直坚持个人对医院的管理权,是因为我理想中的医院不能只是通过医治病患来养活自己的营利单位,我想要打造一个具有人情味儿的,将治病救人列为头等任务的医院,所以我管理的医院治病救人的原则不在于钱财,而在于真正帮助他们免除痛苦。我知道,怀有我这种理想的人在中国肯定有许多,但是真的将理想与现实结合,还要经营下去,真的不是一件容易事,现实真的会让人变得学会妥协、退步,正是因为了解现实的残酷,我才愈发地想要独揽医院的管理大权。

在做医院的时候,我有时是不太讲个人利益的,虽然这样有些理想化,但没办法,我无力改变自己的这种执念。医院多年下来,救治了许多穷苦的病患,事迹偶尔见报,名声也就一点一点积累了起来,后来听闻新华社内参

也刊登了我院的事迹,这将我们医院的名声一下子从官方渠道推了出去。

不久,广东省委、省政府在省委礼堂专题召开了我院暨院长先进事迹的报告会。省委书记、省长、副省长、宣传部长等领导全都出席了大会。报告会上,广东省道德模范、已经72岁的我院徐克成院长讲述了我院救治患者常做"亏本买卖",设立红包"高压线"深得人心的感人故事。在部分医院医患关系紧张的当下,这位自己患肝癌6年的院长,亲自带领的这家民营肿瘤医院,赢得了海内外无数患者的信赖和感动。

2013年,医院荣获白求恩奖,被卫生部树为一面红旗,被广东省卫生厅评为标杆医院,医院评审为三级医院,医院党委直属卫生厅党组领导,医院今年接受JCI国际认证复检,2014年2月被评为全国最佳肿瘤专科之一。

第三章 搏击商海

南非之行

2012年3月，我跟随时任广东省卫生厅厅长、省政协姚副主席，中国卫生部副部长、中医药管理局李副局长一行，参加了世界中联首届中医药发展非洲论坛。

参加此会，是因为我的论文《糖复康胶囊治疗Ⅱ型糖尿病720例临床疗效研究》及研制成果荣获优秀成果奖。国内当时已申报广州市中医药，中西医结合立项科研课题（批准文号2005B064）也通过了阶段性总结。该药是广州康民医院内部自剂申请编号：穗00053，批准文号粤药制字Z03020036，已临床应用10多万患者，疗效显著，病患用后普遍满意。

我记得是2012年3月22日上午9点55分，我们一行人从白云机场登机飞往香港转乘，在香港机场等候了一个白天，直到晚上11点30分从香港乘机转到约翰内斯堡，经过

兵商情

12小时辛苦飞行，3月23日，在南非时间早上6点，我们到达了约翰内斯堡，然后继续在机场等候了5个小时，再转机飞往开普敦，在开普敦的一个宾馆住下，第二天乘车去开普敦大学，在开普敦大学的礼堂举行了世界中联首届中医药发展非洲论坛开幕式，非洲国家领导人和本次论坛领导人与其他国家特约代表相继讲话与发言。下午宣读了获奖的优秀论文。第三天上午分组讨论学术成果与如何合作开发研究成果。下午继续讨论研究开发成果，一小时后茶点、休息20分钟后开始本次大会闭幕式，论坛在热烈而隆重的仪式中闭幕，在闭幕式上颁发了国际优秀论文证书。第四天开始组织参观考察学习，8天后结束南非之行回国。

　　第四天早上，参观完南非最大钻石店，午餐后，我们乘坐汽车前往开普敦市参观。开普敦是海边城市，很湿润，人称小欧洲。城市建筑很洋气很现代，水质是世界第一的，被评为世界最适宜居住的城市之一。路过开普敦大学时，导游介绍说这里的医学院尤其著名，位居世界前列，1969年第一例心脏移植手术就是在这里成功完成的。

　　南非有三个首都，分别是行政首都比勒陀利亚、立法首都开普敦、司法首都布隆方丹。飞机在飞往比勒陀利亚降落前，我透过窗户向下看去，俯视这座"黄金之城"。映入我们眼帘的是一片片金黄色的矿渣山、低矮的房子，大面积的土地十分空旷，云层很低，这就是非洲给我的第一印象。

在比勒陀利亚的宾馆休息了一个小时后，我们一众人到了比勒陀利亚的南非总统府，也就是南非总统的办公地。总统府也叫联合大厦，它位于一座俯瞰全城的小山上，大厦建筑由金黄色的花岗岩建成，说是大厦，其实是非常古朴而低矮的英式对称园林建筑群，主体建筑呈拱形，前方半围起来形成一个古希腊式的广场，结合修剪整齐、优美的花园，这里透露出十分沉静淡雅的气息，园中立有纪念碑和雕像。纪念碑下的花园是向市民开放的，在那里我们近距离地和南非人民亲密接触，他们都很友好，用不太熟悉的中文和我们打招呼，我们一起拍照留念。

参观期间，我们去了南非最著名的教堂广场，它位于比勒陀利亚市中心，广场为当地居民休闲、散步的好去处，中央有南非共和国的首任总统保罗·克鲁格的雕像。周围有许多著名的建筑物，如国家文史馆、露天博物馆、纪念馆、纪念碑、塑像、天文台、名人故居以及共和国大厦等。

宏伟的先民纪念馆位于比勒陀利亚地区的一个自然保护区内，这个纪念馆是为了纪念那些于1834年至1835年最早进入南非的欧洲先驱者而建立的。纪念馆由64块雕刻有

兵商情

四轮马车的花岗岩围绕而成,它描述了先驱们早期历史的各种场景,鉴于之后的种族隔离制度,我面对着先驱们浮雕,心情颇为复杂。在纪念馆的大厅里,有一根92米长的大理石中楣,堪称世界之最。先民纪念馆是南非的白人纪念馆,展示的是南非白人的发家史,同时也侧面刻画了非洲黑人原住民遭受苦难、丧失家园的历史。石碑上的文字记录了先民们早年的奋斗经历,看着一个个历史故事,我心里五味杂陈,一时说不出话。

后来我们参观了南非最大最知名的度假村太阳城,城内皇宫饭店也十分闻名,酒店外观的建筑设计与雕刻,充满了非洲粗犷与迷幻的风格,里面的各种浮雕也都以各种动物造型来显示非洲的独特风情,无一不尽显独特旖旎的非洲风格,让人好像处身于某个虚幻的神话世界之中。

好望角在南非的西南端,是印度洋和大西洋的交汇处,在苏伊士运河未开通之前,是欧洲通往亚洲的海上必经之地,至今特大油轮如果无法进入苏伊士运河,仍须以此道航行。这里还有指示牌,标着距离各地的直线距离,距北京12933公里,遥望祖国,也许思乡情油然而生。好望角的风很大,印度洋这边相对平静,大西洋那面就格外汹涌了。

短短的几天会议,行程十分紧张。利用闲暇时间我们还漫步了开普敦的街头，一只只小松鼠就在街上乱走，不怕人，我走过去，距离很近了，它们还在抱着松子吃呢，幸好这样，让我拍到了清晰的照片。路边的公园里鸽子、野鸭、小鸟就在街边的喷泉边喝水，一副悠然自得的样子。

二〇一二年三月在南非好望角我与左一李局长合影

生命，这个平凡而又不平凡的字眼，造就了今天的大千世界。人也有着自己的生命和生命的意义。因为有了生命，我们生活中的每一件事才得以发生，生活中的每一个人才得以相遇。就是这些平凡的小点、小音符，谱写了生命这首永恒的乐章！

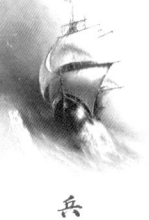

兵商情

"我从来不想过官瘾"

20世纪80年代，我在广州军区守备三团工作几年后，部队整编为硇洲岛守备营。1988年恢复军衔时，整个守岛部队只有三个校级军官，我便是其中一个。

后来我们三个校级军官，一个当了将军，历任41集团军政治部主任、副政委、驻澳部队政委、湖南省军区政委、南部战区陆军纪委书记；一个是我华容老乡，调任珠海某海防团任团长了；而我年纪轻，文化程度高，干部身份参军，在部队潜心钻研攻克我军海边防驻军的防病治病，后来参加世界传统医学研讨会并荣获世界级荣誉。到我部视察蹲点的广东省军区首长多次好意劝我："菊明同志啊，想不想改行走仕途，担任省军区某处要职。"对此，我都一一谢绝了。

1991年我选择接受组织安排，到广东省军区梅花园干休所当了一名团职军医。几年下来，我在干休所为那些曾经浴血疆场、戎马一生六七十岁的老革命前辈服务，在小小医务室里继续钻研各种疑难杂症的预防和治疗。当时，分管干部工作的省军区政治部领导用自己的小车接我并亲自陪同我到梅园干休所报到。一路上，首长问长问短亲切关怀，只要我吭一声，省军区任何部队、许多岗位，可以随我选择。我却甘愿做一名普通军医，继续我的从医报国梦。我私下对自己说："我不是不愿意做官，只是想真正能为祖国和军队的医疗事业，更乐意做一点实实在在的事。"

1995年我出国领奖期间，美国、日本、南非许多官方医学机构，伸出了橄榄枝，特别是美国热情邀请我和他们合作开发我的成果。回国后，广东省军区要提拔使用我到领导岗位上去，我却选择了转业"向后转"。转业之初，到广州市中心城区的天河区委组织部报到，组织部原部长征求我意见，拟任我为天河区机关副局级领导干部，如果当时赴任，估计不久会更上一层，但对此，我都平淡以对，我对所有人说："我对医疗事业之关切，超过我对官场的兴趣，我不想做官，只想为民众做一点有益的事情。"

我经营广州康民医院的同时也热心公益事业，同时也

没有停止在医学上钻研的步伐,后来接连当选为世界传统医学大会理事,中国医院院长大会副理事长,理事长由卫生部副部长殷大奎担任。此外还担任了广东省医院协会历届理事,广东省民营医院医学会历届常务理事。

每一个黄昏或者清晨,当我站在康民医院顶层,透过办公室明净的玻璃窗俯瞰忙碌的人们,看见那些曾经饱受病痛折磨的人,在康民医院医护人员的精心治疗和护理下重拾健康,我都会感到由衷的开心,那才是我人生中最幸福的时刻。

办医院就是办教育

我个人有个说法,叫作:"我们不要做大炮,要做微生物。"用自己的一生来慢慢地去影响身边人,潜移默化地带动身边人,最终我们会影响、带动和改变这个社会。

我在下海之初就对我的员工包括我的家人说过,我下海创业办医院,实质上我是在办教育。因为个人身份的转变,以前我是军队的医生,我只要负责照顾好我接收的患者就可以了,完成我的专业工作就行了,但是现在我在社会上成了民营医院的院长,我要花多点时间带队伍、搞教育、抓管理,用事业凝聚人心,把事业当中全部工作人员培养起来,带动起来,提高他们的技术和管理能力的同时,要提高整个团队的思想觉悟。康民医院在实践中逐渐形成的新思想、新风尚、新精神,都离不开我当初说的狠抓教育。

兵商情

　　康民医院开会多,从医院领导层到各部门负责人、各科室负责人的会议,到行政务实会,再到党支部、党小组会,会议种类很多,不过数量多时间短。我鼓励大家在会议中抓住最重要的中心来讲,互相交流,良好的沟通才是成功的前提。

　　我院最富有特色的"朝会"最初除星期日外,每天半小时,后来改为每周一、三、五早上8点举行,另外,院内每半个月召开一次专家座谈会。这个传统一直坚持着,每次会议都是先宣示医院宗旨和精神,然后各部门做简短工作报告,每人发言限3分钟,主要是交流经验、沟通信息、交接工作、增强集体凝聚力,每人在"朝会"上的意见都有机会得到重视。

　　我本人在"朝会"上,有时也经常上台讲话,更多的时候则以普通一员的身份坐在下面听。我给员工讲话,在下属印象中,态度平静,声音不大却口齿清楚,和我做事、写文章一样,有组织、有思想、有条理、用字精当、简洁明白、通俗易懂,经常不用稿子讲,还不时列举统计数字,很有说服力。

　　我在会上很强调数字观念:"对康民医院的内容,我们要有一个明了观念,这个观念是基于数字上的。"我认为,数字要力求准确,不可马虎,报告时不仅要说明这个数是怎么得来的，报告出来代表什么，一一说明清楚，即凡是问题都需要用数字证明。而亲近数字，使用数字，更需要养成一个新风气，使之成为康民人的新要求和新规矩。

开办医院后，我开始更多思考，这种思考不再是医学上的钻研，而是更为广阔的，一种社会性的思辨。即便在人们熟悉的麻将牌游戏中，我也发现建设性的哲理。搓麻将是在一个社会组织当中做四个运动：用编制和选择的方法，合于秩序的录用，不合于秩序的淘汰。把一手七零八落无头绪的麻将牌面，建设成为一种秩序，是第一个运动。看谁先建设成功，看谁建设得最好，是第二个运动。到一个人先将秩序建设成功时，失败者全体奖励成功者，是第三个运动。这里当然不是鼓励员工搓麻将，后来有员工还补充一点，说失败了不灰心，重整旗鼓再来，这是第四个运动。

无论做任何事，要想做成事，唯有把教育与做事完美地结合起来，才会让一切有序进行。我们公司办公楼里有一个集中学习的大会议室，一到晚上大家都自觉地聚集在这里，不是听讲，便是自修……整个医院里，到处充满了学习的氛围。

康民医院不光倡导务实的会议精神，还有实际的物质

保障，比如，康民章程硬性规定在盈余中提取5%作为职工红利，免费为员工提供食宿、服装和交通、饮水补贴；职工生病，可以到本医院或医院预约的定点医院免费就医，部分药费自理；医院职工在满试用期后医院帮买五险一金；职工节假日可以享受双薪；职工定期休假制度，工作满两年放假一个月，单位每年组织职工旅游一次、休养生息、调剂生活；为职工供应日用品，远比市价低；为单身职工免费提供宿舍。

康民医院奖罚分明，不过奖多罚少。我认为惩罚目的是促人省悟，而不是表示厌恶，应寄人以无穷的希望，不可使人绝望。没有不可饶恕的过错，我轻易不会对员工免职或解雇。康民员工老赵对前来采访医院的记者说：周菊明是康民医院绝对的领导者，但医院上下几乎没有人称他董事长、老总、老板的，最常见的称呼是"周院长""周老师"，一个"师"字表达了康民人对他的尊敬，就是他可以为人师表，可以做先生。

第三章　搏击商海

敢　为

　　处在人生关键时刻的选择，一定要以雷霆万钧的霹雳手段去执行，否则再好的选择也只能是选择，而不会成为好的结果。

　　我是个在军队里供职多年的老军人，在我的观念里，人生充满机遇和转折，而每一次的选择，都是战场。军人不怕战场，军人熟悉战场，所以，军人做事的确比普通人更容易获得成功。

　　抗日爱国将领吉鸿昌，是著名的民族英雄，敢作敢为，素有"吉大胆"的美称，所率领的部队被称为"铁军"，常常令日寇和反动派闻风丧胆。后来，吉鸿昌将军不幸落入敌手，面对行刑队的时候，他凛然陈词："我为抗日而死，不能跪下挨枪，我死了也不能倒下！给我拿个椅子来，我得坐着死。"坐在椅子上，他又特意向敌人提

兵商情

出"要求":"我为抗日死,死得光明正大,不能背后挨枪。你在我眼前开枪,我要亲眼看到敌人的子弹是怎样打死我的。"当刽子手举起枪时,他又高声疾呼:"抗日万岁!""中国共产党万岁!"

吉鸿昌可谓中国军人的一个楷模。在他身上,集中展示了革命军人那种不畏虎豹、视死如归的壮烈性格。正是传统文化和革命道理的共同浇铸,才练就了我军广大官兵的碧血忠魂,使之成为令一切对手都感到心惊胆寒的钢铁战士。前些年在人们心中留下深刻印象的"军人形象"石光荣、姜必达、李云龙、常发等,就是我们的优秀代表。

我军是一个执行革命任务的武装集体。在中国共产党的长期领导和教育下,革命军人那种无所畏惧的英勇气概,还表现在敢为天下先的探索和适应能力上。人们大概不会忘记,无论土地革命时期,还是社会主义建设时期,从部队调出个排长、连长到地方就可以当乡长、县长,而且工作都干得非常出色。回过头去算算,刚解放时的地方干部,有几个不是从部队出来的。可惜的是,随着和平时期的延长,不仅革命军人那种超常的适应能力弱化了,地方干部那种超常的接纳能力也弱化了。一定要知道,目前正在进行的社会主义市场经济建设,同样是中华民族历史上开天辟地的一项伟业,要使之健康发展并长青不枯,仍然需要我们的革命军人、我们的地方干部、我们的企业领导、我们的青年学生、我们的每一个国民,都拿出当年那种敢为天下先的英勇气概,去探索,去创新,去铸造更大的辉煌。

所有动作都是军人式的,雷厉风行,没有任何多余的话和拖泥带水的俗套。

军人是什么?军人就是军队这架作战机器上的一个零件,无论你当兵长短,也不管你年龄多大,只要一戴上领章帽徽,就必须完成属于你的那份任务。特别是到了战场上,敌人上来了,战斗打响了,还允许你商量吗?还允许你适应吗?还允许别人带你一段时间吗?那是不可能的!是指挥员,就要不容分说,立即到你的岗位上去,指挥部队作战;是战斗员,就要马上投入战斗,奋勇去和敌人拼杀。战场如此,市场我想也应该如此。

现在有一些干部战士,退役之后,挑三拣四,犹豫不决,拖拖拉拉,慢慢吞吞,自己给自己找台阶,自己给自己安排一个适应时段,结果贻误了战机,浪费了时间,把本来挺主动的事,变得很被动。我更加实际地体会到,这样逼一逼,压一压,对今后的发展会大有好处的。

所以说,如果你是一个优秀的军人,如果你想让你身上那些优良的素质和作风在商场上迅速发挥作用,进而

兵商情

成为一个优秀的商人,你就必须有一个"马上出征"的思想准备,要有一个"敢于去为,敢于去干,敢于去承担"的精神状态。只要有了这种精神状态,有了这种战斗作风,有了这种随时准备出击而又一心要夺取胜利的英勇气概,那么,不管你来到一个怎样陌生的环境里,哪怕你遇到了你过去从来没有遇到过的巨大困难,你也会马上适应和振作起来,你就会想出许多连自己都惊讶的点子,拿出连自己都赞叹的办法,去迎头痛击,克服它,战胜它。反之,如果只是一味地给自己找梯子,下台阶,或者是被吓倒了,软瘫了,你就是有再深的潜能,你就是有再高的素质,你就是有再大的本事,也不可能发挥出来。因为,怯懦禁锢了你的思想,僵化了你的大脑,连动弹都动弹不了了又怎么能想出解决问题的好办法来呢?

所幸,在走出军营之前,我已经做好了比较充分的思想准备。所以,在这件事上,尽管来得突然,我还是马上就接受了。尽管我对医院运营非常生疏,但我坚信一条,既然它是一种市场行为,就一定会有自己的规律,而这种规律又会在运行过程中一点一滴显现出来。我需要做的,只有一条,就是静观其变,看准了规律再出击。

抱着这个想法,我在沙河顶兴办了一个门诊部后,就特别注意总结规律。那时候,我每天要到装修工地、建材市场、医药市场去了解情况，和相关部门沟通思想，我都非常用心，查阅资料，收集数据，在与员工座谈中把握运营成本，在与城管部门领导交换意见中领悟解决问题的方法。这就为我今后建立自己的医院体系，打下了一个很好的实践基础。

在创业之初的那些日子里，我咬牙坚持着，先拿出在部队养成的边学边干、边干边学的看家本领，囫囵吞枣地翻遍了《医疗机构管理条例》《投资管理指南》和相关的法律法规，查阅了很多报纸上登载的私人医院最新政策文件。之后，我又抓了一个老师，这个老师当时是一个刚刚从中国人民大学经济系毕业的研究生小马。这个小伙子不仅非常聪明，而且有很深厚的知识和理论功底。当年他是作为湖南省高考状元考到长沙国防科技大学的，本科毕业之后又以优异的成绩保送到中国人民大学，读经济系研究生。毕业后，他把学到的知识和市场运作结合起来，在投资管理、投资运作这些方面，设计了一套又一套的运作套路和公式表格，是一个不可多得的人才。我呢，想拉着他当助手，也不管自己是不是公司老板，而是以一种"甘当小学生"的精神，一个条款一个条款地向他请教和学习，一个数据一个数据地和他一起进行认真的核实和推敲，从成本核算到市场营销，从药材采购到每个使用环节，我们

都有条不紊地进行着图上推演。说心里话，当时这个压力可以说是泰山压顶。

　　回首往事，其实我的每一步成功，都在于自己的敢为，具备做第一个敢吃螃蟹人的勇气！

会商北京

1998年11月16日,我收到一份中国科联经济发展研究中心的邀请函。要求我去参加中国科联经济发展研究中心的研讨经济发展的会议。通过几天紧张热烈讨论研究后制定了经济发展规划纲要。会后于1998年12月1日我被中国科联经济发展研究中心聘为研究员并颁发了聘书和研究员证书。

当时,经过深入贯彻落实邓小平南方谈话精神,全国上下正涌动着进一步将改革开放推向深入的思想浪潮。作为一名院长,我受邀参加了北京与广东的各项与经济发展有关的会议。最令我难忘的是下面这次北京会商。

2004年,卫生部通知我出席在北京人民大会堂召开的全国医院优秀院长大会。此次大会有全国人大常委会副委员长吴阶平和卫生部部长等领导人出席,并做了重要讲

话。在人民大会堂与国家领导人和优秀院长们集体合影留念。会后，在钓鱼台10号楼举行了隆重的国宴招待，一部分优秀院长陪同党和国家领导人参加晚宴。

通过这次会议，我更加宏观地掌握了我们民营医院的概况，了解了党中央和国务院对我们行业的政策规划，交了朋友，添了信心。

在会议上讲话

第三章　搏击商海

从17岁那年离家读书起，我便远离了故乡，留下一座还未完全建好的房子，在全村对我的企盼眼神中，踏上南下的征程。我总觉得自己亏欠家庭很多，现在我也有了儿孙，每当过年过节，一家团圆时，我看着孙童绕膝，心里倍感幸福，同时也感恩我的家人，怀念我的至亲，多次我想要提笔将我的爱和感谢写出来，却又总是不知道从何说起。

兵商情

父 母

  我在硇洲岛上那个小家周围，有父母来帮忙照看孩子时开垦的一小片土地，上面种着半亩地香蕉，一些小葱、西红柿、豆角、黄瓜、小白菜等，父母开辟这些地方，既是为了贴补家用，也是为了保持跟土地的一种交流，我想那也是他们怀念故乡的一种方式。庄稼人信天、信地、信自己的双手，所以父母亲对待那片土地十分上心，我和源源也觉得，那片土地上长出来的香蕉最香甜，蔬菜也最新鲜可口。每当香蕉成熟的时候，爸爸就把熟了的香蕉砍下来，用小拖斗推车装满一大串的香蕉挨家逐户地送给大院里住的每个战友家，每家都给一大串，还教他们怎么保鲜贮存时间长，好吃不烂。

  母亲走后，父亲精神一日不及一日，我和爱人都忙，都无暇顾及那片作物，土地由此逐渐荒废下去，香蕉和蔬菜的产量逐年递减，待我离岛时，已经有一段时间没去那里摘蔬果了。

但我仍然清晰记得母亲站在香蕉树旁的样子，她专注地观察着自己亲手种下的作物，那影像与幼年时期她在老屋内，在老家田地里的样子重叠了起来。

土地、儿孙、穷苦、劳累和疾病是母亲一生的几个主题，我们先后降临在母亲的生命里。我曾经一度坚信母亲一生受的苦，会随着我们儿孙的成长而越来越少，可后来我在广州安了家，有了自己的事业，搬进了明亮的房屋，购置了舒适的车子，而我的母亲却再也无法享受了。

除了那片土地是母亲常去的地方，我们家里的厨房也经常受母亲光顾。我在硇洲岛的时候，大小算是个领导，再加上平日医治好不少百姓，所以很多人都跟我结下深厚情谊，偶有假期，战友、附近老乡们都爱在我家聚餐，有来自湖南的同乡和湖北、河北、山东、广东、云南、贵州、江西等省的战友，特别是过节的时候好热闹。最爱的是母亲拿手的家乡菜。母亲身体欠佳，但是看到这些与我交好的同乡与战友，她心里喜欢，偶尔下厨，饭香四溢，厨房总能勾得我们肚子咕噜噜叫。那时候我还跟父母夸下海口，等过几年我如果退役回家，就跟他们一起在家乡再置办一处大的房子，逢年过节，一大家子人聚在一处，吃

吃喝喝多热闹。

现在想来,只觉得世事无常,满心无奈。

我记得是1988年,母亲的身体突然不好了,过去十几年来,母亲身体一直欠佳,但这次比以往都要厉害,病重的几日,她几乎无法下床,每日进食少得可怜,精神也大不如前,一天里说不了几句话。我们看着母亲很快虚弱消瘦下来的身体,不敢多耽误,立刻将她老人家送入湛江地区中心人民医院治疗。

在湛江医院里,我和源源一起照顾母亲,有时太累须换班时,我只能托医院的熟人照顾母亲,好在我自己也是医生,湛江医院很多医生都是我的朋友,他们都跟我保证会好好照料母亲。这个医院的肖桂元副院长多次煲汤给我妈妈吃,还有湛江军分区的运输科高世明科长也经常煲汤送来给母亲喝,他们还对母亲说:"我们是您儿子的好战友好兄弟,您老人家就将我们看成是您的儿子吧,千万不要见外。"在此期间源源在湛江市开会,中午晚上都去陪护妈妈。我也请假去陪护妈妈。经过差不多半个月的住院治疗,母亲的病情好了许多。妈妈眼里透出了笑意。跟我们聊天的时候,母亲念叨着自己想家了,想回故乡去。

我和爱人互相看了一眼,本来想着母亲出院后还是跟着我们在岛上住,但是想到老人家到了岛上,确实不适

第三章 搏击商海

应，另外我们两个工作忙，自顾不暇，更无法有更多的精力照顾母亲，我犹豫再三，还是应了母亲的愿望，准备择日送她老人家回老家。当时我怎样也没想到，那时母亲做出回家的决定，也许是因为她已经感受到了什么……于是我把妈妈想回家的事告诉了所有兄弟和好战友，共同确定了回家的时间。肖院长负责帮助优惠医疗费用和办好出院手续，并带好沿途的用药。高科长负责购买火车卧铺票（那时的卧铺票要有关系才能买到），高科还负责派两三辆小车和护送人员。当湛江军分区李司令员和麦政委知道后这事告诉高科长就用他们的小车，还指示需要几个人护送就由高科长指派。由于他们认真负责耐心细致做好每个环节的工作，才使我妈妈顺利安全地回到了老家。

回到家乡后，母亲由我休假在家照顾和治疗。一段时间后，病情稳定有所好转。我的假期快到了，准备回部队前和大哥商量请他照顾妈妈，次日我起程回部队了。刚回到部队的第二天接到母亲病逝的电报。当天源源还在湛江市开会，只有我和才5岁多的女儿在家。无奈只得把女儿托付给邻居杜主任代管。我急忙请假下岛找源源赶快回家，我买火车票回湖南老家。源源单位的许书记也在市里开会，我去找源源时许书记看到我既疲惫又焦急的样子，他出于对我的关心怕我在路上吃不好饭，就请我到酒店吃

兵商情

饭,点了较多海鲜,结果不到半小时我因对沙虫过敏腹泻不止,差点虚脱,忙到湛江市人民医院急诊科急诊,输液通宵至凌晨,我拔掉输液管就奔向火车站。买了一张站票就上了回老家的火车,到了岳阳后买不到回华容的汽车票就拿出电报跟司机说好话站上了汽车。到了家门口刚一下车因疲劳过度就摔倒了,差点被汽车轧到。赶到家时我最敬爱的妈妈已经入土为安了。我没有请长假陪护治疗康复母亲后才回部队是我终生的遗憾。几天后我告别了母亲,她长眠在洞庭湖畔,长眠在我们的故乡。

母亲去世后,父亲的身体状况也急剧下降,我不放心他的身体,所以坚定地让父亲一直跟我们在一个城市生活,包括后来我调到广州,父亲也跟随我们移居来广州。在我决心创业的那段时间,父亲也一直默默支持着我,直到我后来创立了广州康民医院。和母亲不同,父亲还是和我们度过了一段较为舒适、安逸的时光,他70岁后,患过两次脑中风,都是在康民医院治愈的。

1998—1999年,我的生意已经有了一定的规模,源源在广州的工作也日益稳定,父亲开始频繁地提起故乡的事情,我知道他老人家想家了,中国人讲究落叶归根,每个老人都希望回归自己的故土。果然,父亲提出要回老家,他说他年龄大了,身体一天不如一天,如果将来真的病了，他怕回不了湖南老家。因为之前母亲的事情，父亲说这些的时候，我便意识到了一些，心里颇难过，但我理解老人家的心，也将他送回了湖南老家，我拜托老家的表哥专门照顾父亲的生活起居，我们给表哥出辛苦费和日常生活费。

表哥照顾父亲十分尽心，1999年12月10日，距离新千年只有20天的时候，父亲去世了。后来据表哥讲，父亲他老人家去世前一晚还一切如常，当晚还吃了夜宵，10点多睡觉，半夜时，表哥还听到父亲起床方便，第二天早餐去叫父亲起床时，发现人已经驾鹤西去，享年78岁。父亲一生宽厚，待人真诚，青年时期曾经在日军手里捡回一条命来，后面人生几十年里，他兢兢业业建设自己的家乡，我永远无法忘记那年我去当兵，父亲和我离别时那哀伤的双眼，所幸他的晚年算是幸福、平淡。每念及此，我那充满哀痛的心便会释然一些。

兵商情

我的小家

  我和源源同志结婚多年，回顾过去的日子，真觉得经历坎坷，感谢我的爱人在工作、生活上对我一直以来的支持，在伴我走过的这么长人生路上，源源是一个好妻子，也是一个好挚友，同时也是我最安心可靠的后盾。对她的感谢和欣赏我已经用了不少笔墨去表述，而这里，我想再写一下我的两个孩子。按中国老传统，父母不应该对孩子表露感谢之情，但是我想要破例一下。他们出生在部队，他们的童年都是随我在军营中度过的。在他们的童年里，我也一直是一个繁忙的父亲。但是即使如此，他们依然健康快乐地成长起来，除了源源做出的努力之外，我也想感谢孩子自己的优秀。

  女儿周英出生的时候，我刚调去硇洲岛。我所在的军营距离我们的小家所在的镇子有十几里地，我还一度去了军校学习,源源后来在镇上的医院做院长,夫妻二人每天忙得团团转,在我父母还没有来硇洲岛上帮忙的时候,女儿周英基本属于散养的状态。

我记得有一年过年,大年三十儿,本应该是全家团圆热闹的日子,但是对于我和源源这种医务工作者来说,一年三百六十五天,日日都是工作日,没有绝对的假期。那天我们也是在各自的岗位上诊治病人,连年夜饭都是源源忙中抽闲赶回家做的,只有她和女儿吃,我则是在军营里吃的。晚饭过后,源源便再次回到了工作岗位上,那天我下班的时候已经比较晚了,我在回家路上,听着各家窗户里传出的春节联欢晚会的声音和节日的鞭炮声,就算跟着大家一起过年了。回到家,打开门,映入我眼帘的是,小小的女儿一个人坐在藤椅上,惺忪着双眼看电视里的春节联欢晚会。我当时鼻子就酸了,我问她:"困了吧?你怎么不去睡觉啊?"女儿看着我,努力眨眨眼睛,说:"我等你们回家一起过年呀!"

唉,现在提起那一幕来,我都心如刀绞。其实对于女儿来说,每日独自等待爸妈下班已经是常态,在我们夫妻俩繁忙的那些岁月里,我们的孩子确实表现得比我们想象中更加坚强、更加贴心、更加可爱。

因为我的家在岛上的一个镇上,我爱人是那个镇医院

的院长,我的部队还离我们家那里10里路,我就在那边上班,有时候值班。有时下班后回来一看到自己的小孩孤独在那里玩,心里真不是味道。

同样记得我在广州准备创业那段时光,家里日子紧,花钱束手束脚,早晨女儿、儿子上学都在不同区域,我买了辆二手摩托车送小孩上学,因为距离远,孩子们要起得比别的小朋友早,夏天日晒雨淋,冬天寒风凛冽,孩子们缩在我的怀里,这样度过了一日又一日,每天听到姐弟两个的笑声,大概是那段时间内我最大的慰藉。

本书写到快尾声的时候,我的两个孩子都已经有了家庭,我还有了可爱的外孙,女儿和儿子的另一半都非常优秀,我的女婿是海军,非常精神的小伙子;儿媳是大学教师,开朗大

和妻女在硇洲岛灯塔前合影

方。女儿、儿子结婚前,我都准备了他们当时生活所需的一切,我跟孩子们说:"我只希望你们开开心心,好好过日子。像我和你们的妈妈一样,在人生路上互相扶持,互相信任,互相勉励,互相爱护。我们一大家子,要安安稳稳幸福地生活下去。"

兵商情

花甲之梦

44岁从部队转业到地方的我,在事业上紧张打拼,总感到时间不够用,一转眼就到了花甲之年。

六十大寿那天,部队首长、地方领导和战友们,生意上的老板、伙伴、朋友,亲友们纷纷来为我贺寿。在宴会上,我感谢各位领导、亲朋好友的同时,对岁月的流逝有些感慨。概括地说就几句话:家乡的水养育了我,解放军大熔炉磨砺了我,改革开放的政策造就了我,亲朋好友支持帮助了我,坚强的意志与努力拼搏成就了我。

满60岁就到了法定退休的年龄,也就是说退休后政府该发给我团职干部的生活补贴、高级职称补贴和退休养老基金等。按理说这几千块钱也够生活花费了。但离人生追求的初心初衷,还相差很远,60岁的我仍在描绘梦想的蓝图。

我最爱那句话——不忘初心,方得始终。

1996年冬天,我在沙河顶开门诊之初,就为自己找到了一个医者的报国之地,无比兴奋,激动之余我一口气挥毫写了多副对联:

"通商惠工,江海之大;长财伤力,土地所生。"

"乐工兴事,厚其生谓生。"

我派人到老家,请恩师题写了一副对联,一直挂在办公室,现在仍在康民保存:

"生财有道,大利不言。"

这副对联是老师对我的评价,也是我终生的要求:忠实做事,诚实待人。天下事业之成,必有披肝沥胆、推心置腹,以相纠其短、相携于义,这种精神和情怀,亦正待吾辈倡之……我发誓要当实业家,不当资本家。

第四章 "菊"思"明"想

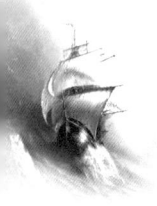

兵商情

不为外物所累

  社会发展快了,日常生活中的某些细节总是让我感叹,今日我们的物质生活条件比往日可谓有着天差地别的变化。老百姓过上了好日子,自然是大好的事情,但同时,今日的人们,尤其是城市里的中青年,在高楼林立的钢铁森林中,反而感觉压力山大。人们都为了票子、房子、孩子奔波,为了一月工资、一尺之地、一校之位,滋生出许许多多的烦恼来。物质反而变成了生活的累赘和枷锁。

  长此以往,我们往往开始怀念一种朴素和潇洒的生活。中国自古贤哲无数,其中我独爱庄子。他的作品《逍遥游》可谓是其一生所贯彻的生活理念的代表。据传庄子临终前,弟子们打算将他厚葬。庄子说:"吾以天地为棺椁,以日月为连璧,星辰为珠玑,万物为赍送。吾葬具岂不备邪？何以加此？""在上为乌鸢食，在下为蝼蚁食，夺彼与此，何其偏也！"意思是：我把天地当作棺椁，把日月当作连璧，把星辰当作珠玑，万物都可以成为我的陪葬。我陪葬的东西难道还不完备吗？哪里用得着再加上这些东西！弟子说："我们担忧乌鸦和老鹰啄食先生的遗体。"庄子说："弃尸地面将会被乌鸦和老鹰吃掉，深埋地下将会被蚂蚁吃掉，夺过乌鸦老鹰的吃食再交给蚂蚁，怎么如此偏心！"庄子临终前的一番话，让我肃然起敬，话中蕴含的洒脱，让我心向往之。

也许真正懂得生命真谛的人，才能做到连面对生死也能如此潇洒。在他们心中，生死只不过是必经的历程。这种潇洒，对于凡人来说，确实不是一件容易的事。我们每一个人的日常，都在紧张于每一次的考试，奔忙于每一日的工作，这种战战兢兢的生活，归根结底是心存对于失去的畏惧，没有人能笑对小小物质名利的得失，更何谈生死？

古话有说"尽人事，听天命"，所谓尽人事，就是指奋斗的过程，拼搏的过程，定一个目标，拼尽全力去做，去达成。这种事例在现代日常生活不胜枚举，更难的是后者。付出不一定有回报，人生总会遭遇难以掌控、无可奈何的状况。一切的努力有可能"竹篮打水一场空"，这时

兵商情

候,能做到坦然接受,才是真正的了不起。

拼搏奋斗,是宝贵的品质;虚怀若谷,才是君子的品格。

我这一生,见证过太多人被名利、被财富蒙住双眼,绊住脚步,缠住身心,机关算尽。有的心愿得偿,回首看自己所付出的,不一定全都心满意足;更有甚者心愿不仅没达成,反而栽在了自己奋斗的名利物质上,失去了健康、尊严甚至生命,到头来才醒悟,那些虚名浮利,不过是手中沙、水中月而已。

《红楼梦》里的王熙凤,曹雪芹哀叹她:"机关算尽太聪明,反误了卿卿性命……"凤姐在贾府一辈子争强好胜,贪财贪权,一辈子与荣华富贵为伴,谁想到在最后落得个凄凄惨惨的下场,虽是命运玩弄,但也颇有警示的意味。而作者曹雪芹本人,出身江南巨富之家,人生经历凝结《红楼梦》一书,最后不过也是句"白茫茫一片大地真干净"。所以劝各位,身外之物多累赘,还须笑对命运无常时。

近年,随着互联网的崛起,我们的生活充斥着各种"成功者"炫耀自己的奢靡生活,消费升级的概念应运而生,让年轻人追求名牌,中年人追名声,连历尽千帆的老年人,有的也按捺不住,将积攒一辈子的钱财交给各种投资、金融公司,为求财产翻倍。浮躁的社会里到处是利益,也到处是陷阱。

在这个浮躁的社会中,需要一种"定力",越是心平气和,不为外物所扰的人,越是智慧的人。比起一掷千金的土豪,拥有"视金钱如粪土"的名士才更称得上精神上的贵族。这种不为外物所扰的心平气静正是让生活变得更加恬淡美好的方式,才是应该倡导的健康的生活理念。

兵商情

比出来的痛苦

我们仿佛自出生起,就陷入了一场你争我夺的比赛中。小时候学习成绩排名,要比较;长大后工作业绩排名,要比较;生活里的物质条件,要比较;谈话时的人脉关系,还要比较。赢了,沾沾自喜;输了,愤愤不平。长此以往,身心俱疲,往往感叹一句:生活啊,真难。

如果陷入这场人生的竞赛中,当然觉得生活很难。我个人总结这种痛苦为"比出来的痛苦"。

我常跟自己的孩子说一个道理:人生就好比一次长跑,跑步的时候,要专心跑自己眼前的路,不要看别人,如果你把精力放在关注别人跑得快慢上,你自己的步程就要受到干扰,继而干扰到自己的成绩。

别人说什么,做什么,做得如何,并不能影响自己,也不能改变自己。做人,这点定力还是要有的。

第四章 "菊"思"明"想

我曾在网上看到过一句话,觉得很有道理——"如果你选择活在别人的眼里,就注定要死在别人的嘴里。"

同理的还有但丁那句名言——"走自己的路,让别人说去吧!"这句妇孺皆知的话,其中隐藏的大智慧却需要我们实打实地去做。人生在世,每个人都有自己的生活和使命,别人的生活再好,也未必适合自己;反过来讲,只有适合自己的生活,才是最好的生活。

在诱惑和变化中保持平和心态,是提高幸福感,过好自己生活的真谛。江水在平淡中执着地奔流不息,群山在静默中恒久地伫立千年,大自然早已经把这种境界展现给我们。尺有所短,寸有所长,专注自己,不去计较一时得失,方能全身心做自己的事情,并在其中体味人生的快乐与价值所在。

我是个医生,看过很多因为得失心太重而损害健康的病人,对待他们,我充满怜惜。我们抵抗不了世界中的许多规则,无法避免被别人拿出来比较,但是我们能够掌握自己的心,让自己不被这种"比较"所左右。随心、随意、专注地生活。你若盛开,清风自来。

兵商情

活在当下,活好当下

泰戈尔在他《飞鸟集》里有一句广为传颂的话,"如果你因失去了太阳而流泪,那么你也将失去群星了"。

我们总是因太过怀念那些失去的,而错过了现在的美好。

生命只有一次,过好每一天,珍惜你所拥有的一切,才能活出精彩。

好比饮一杯茶,静静等待茶叶在水中舒展的过程,看热气升腾缭绕在空中,去品味茶香、茶味。一小杯晶莹剔透的茶水,静心品尝的话,便能感受到山野、大地的气息。心里挂牵着杂事,一杯茶却仅仅是一杯苦涩的液体,你就无法真实体会饮茶所带来的宁静与悠远。

人生朝前看,前方有未知,人生朝后望,来路有遗憾,这些都是无法避免的,徒增烦恼而已。只有将眼光锁

第四章 "菊"思"明"想

定在当下,才能获得一片宁静。也只有聚焦当下,活好当下,才能为前方铺平道路,弥补过去的遗憾。庄子曾面对悠悠天地感慨:"人生天地之间,若白驹过隙,忽然而已。"人生说长也长,说短也短,莫等年华老去,再感叹生活的空白。

现在年纪上来了,我每天清晨醒来第一件事就是默念一遍:活着真好,今天又可以做一些有助于他人的事情,又可以和家人一起吃饭,又可以和朋友聊聊天……

曾经总是认为人是赤条条地来赤条条地离开,其实不然,来到这个世界是母亲陪伴着我,还有全家人的期盼;离开这个世界是带着儿女的思念与亲友的追忆;所以说我们生来、死去并不孤独。我们每个人都是幸福的,活着就是幸福。我们人类如同地球上其他物种一样,大自然赋予我们短暂的生命,让我们体验生活、环境、形形色色的关系,如同开启了一场短暂的旅程。我们时刻心存感激,抑制不断滋生的各种贪欲。所有的不满、烦恼均来自我们的贪欲,遇到可口的饭菜,总是忍不住再多吃一口,然而就是这一口增加了肠胃消化的负担。有的时候也很清楚这些贪欲给我们带来的危害,可就是缺乏那一点毅力来克制自己。毅力这个词说起来容易,做起来会很难,要经历不断的精神洗礼才能做起来。

兵商情

我要对自己说：渐渐地去真正活好每一天吧，让自己的身心都轻松一些，但这不是放纵自己，不断地坚持感恩，减少不必要的烦恼，真正地善待家人朋友，尽可能也去善待他人！

人心贵有恒

最近新兴的词中有一个很有趣，叫作"斜杠青年"，就是指年轻人多栖发展，他们不仅满足于做自己本职的工作，还希望涉足其他领域，成为拥有多项才能的人才。

我很佩服那些真正的"斜杠青年"，想来，我国历史上也不乏这种能人。如苏轼，不仅文采斐然，作品流芳百世，他同时也是优秀的书画家；王安石不仅文笔精彩绝伦，他还有一个更为重要的身份——北宋的政治家。也许现在的年轻才俊也是受古代先人的影响，立志在多个方面有所造诣，这种志向很好，但同时也带来许多问题。

也许是因为社交媒体的发达，让我们有更多机会去接触不一样的人，不一样的人生，不一样的专业，不一样的工作。所以现在人的思想和老一辈相比要灵活很多，也开放很多，但同时人们也承认当代社会是一个"浮躁"的社

兵商情

会。而在我看来"斜杠青年"这个词语,也可看作是"浮躁"社会的一个产物。我们看古人能做到才华横溢,是因为那个时候写文章和练书法本身就是分不开的,那时候没有电脑,没有打字机,人们想要创作或者记录只有通过书写来完成,自然有很多机会可以成为书法家,就好像我们现在的义务教育,语文、数学、外语都是必修课一样,你成绩好,自然是数学语文都好,这样类比就能解释为何历史上有那么多人有两样甚至三样才能傍身了。

但人的精力毕竟是有限的,一辈子能做好一件事情实属不易,在各个领域都做到优秀的人实在是少之又少。我的一生虽然上学、当兵,最后从商看似做了毫不相关的事情,但是我一直都在医学的道路上探索着。这是我的根本,是我的看家本事,我的职业发展一切都是由此而起。而现在许多"斜杠青年"之所以想涉猎多领域,是因为他们没有找到自己可以一心做下去的事业,每个事情都尝试一遍,结果就是每个事情都仅仅是做到皮毛,而不是深入地了解,以这种敷衍潦草的态度做事,年轻时可以说自己是"斜杠青年",可到了中晚年,却因为一事无成而陷入尴尬的境地。

就是在这样一个诱惑颇多的时代,持之以恒显得那样珍贵和不易。日本的国民食物——寿司,相比起中华美食的多姿多彩，显得那样单薄和简单。不过就是一团米饭，上面覆盖点海鲜而已。但就是这样简单清淡的食物，在"寿司之神"小野二郎这里，便成了他一生的主题。

小野二郎一辈子就做了一件事情——做寿司。每一块从小野二郎手下握出的寿司，都不仅是顶级的食物，更是几十年的沉淀，他经营的饭店，只卖手握寿司，不提供其他任何小菜和饮料。寿司的材料都是当天采购的，保证新鲜。小野二郎每天清早都会亲自去鱼市场挑选，对要采购的海鲜，所有的细节他都要亲自过问。原料的供货商都只供一样原料，并且和他的寿司店长期合作，目的是建立起绝对的信赖关系。米贩将一些品种的米专门提供给二郎的店，因为只有他会知道怎么煮。有时候整个市场都只有3公斤野生虾，虾贩会选择全部供给二郎的店："好的东西是有限的，只会留给最好的人。"

美食的差距并不在概念是否新，用料是否贵，而是看你是否在细节上更加精益求精。据寿司店中的资深学徒介绍，寿司的米通常被认为是冷的，但实际上饭团的温度应该和人的体温保持一致，米要用非常重的压力煮出来才能可口。"每种食材都有最美味的理想时刻，要把握得恰到好处。"在小野二郎的店里当学徒是非常艰苦的，从入行到出师需要数十年。

兵商情

　　传说顶级的寿司是三分靠味道,七分靠手势,除去对于原料上的苛刻追求,小野二郎同样以严格的态度对待着自己为了保证做寿司的质量,小野二郎连睡觉都要戴着白手套来保护双手,小野二郎握寿司的技法利落,确实举世无双。在2014年,奥巴马访日,时任日本首相的安倍晋三就是在小野二郎的寿司店宴请了奥巴马。这便是对小野二郎做寿司这件事情最大的肯定!

　　曾国藩曾在家书中写道:"人而无恒,终身一事无成。"曾国藩一生被很多人拿来分析、解读和学习。他本人屡屡强调"恒"的重要性,他讲过:"凡人做一事,便须全副精神注在此一事。首尾不懈,不可见异思迁,做这样想那样,坐这山望那山。人而无恒,终身一无所成。"他还以高标准严要求的方式将"无恒"视为自己的一耻:"余生平坐无恒之弊,万事无成。德无成,业无成,已可深耻矣。逮办理军事,自矢靡他,中间本志变化,尤无恒之大者,用为内耻。尔欲稍有成就,须从有恒二字下手。"

　　"恒"之价值,适用于人生的很多方面。"恒"一个字,说起来简单,但真正做到颇不容易。也许我们每个人都对这个世界有着诸多的热爱。但是,不管有多少热爱,我们在做事的时候,也都只能拥有一颗心。要知道,只有认真做好了一件事,我们才有心力去做好下一件事。

第四章 "菊"思"明"想

读写人生

  人生就像一部书，父母给我们起的名字就是一部部书名，而书里每一页的内容都是自己一点一滴书写出来的。生活是取之不尽的素材。随着年岁渐长，书里的笔触和语句从幼稚、天真到故事、成熟，再到最后的风轻云淡。后人纪念先人的时候，会发现有的人的书里，充满了励志与奋斗；有的人的书里，充满了幸福与温暖；有的人书写善良美好；有的人书写罪恶黑暗。有的书，气吞山河，催人泪下；有的书，跌宕起伏，扣人心弦；有的"书"，时间虽已久远，但却芳香怡人，读后仍能使人心潮难平，回味无穷；而有的"书"，则读起来平平淡淡，索然无味。

  我们填充自己的人生之书，也阅读别人的人生之书。读别人的人生之书可以给我们自己的生活带来灵感，带来鼓舞，从而影响我们自己的书写。

兵商情

我也曾想过，我的人生之书，读起来会是什么样子？

我是随着中华人民共和国共同成长的那一代人，我们的童年是一段激情的岁月，那时候的中国人民处在一个物质艰苦但精神饱满的时期。我从小看到的是英雄们的身影，听到的是英雄们的事迹。战斗英雄黄继光、邱少云，助人为乐的雷锋，劳动模范时传祥，回归祖国的钱学森，无数的英雄儿女用他们的行动与激情报效国家，在那段岁月中挥洒着自己的汗水与热血。是他们的激情感染了我们，我的人生之书在一开始就被刻上了一股热情的劲头，在那个岁月，那些人的影响下，我的人生从一开始就充斥着豪情万丈的抱负和志愿。

20世纪80年代中期，张海迪的名字，可以说是家喻户晓，尽人皆知。她以残疾之躯，完成了许多健全人都无法做到的事情，因此她成为一代中国青年的楷模，被誉为"中国的保尔"。在残酷的命运挑战面前，命运的强者不会沮丧和沉沦，那时的我也正值青壮年，同样对自己的人生有一番规划，想寻求一个施展自己的舞台，做一些事业来回报社会。张海迪等人的事迹启发了我，也鼓舞了我，我选择了医学这条道路，手术刀变成了我的武器，手术台成了我的战场，我的人生之书也是我在无影灯下，用自己的医术记录着，丰富着。

第四章 "菊"思"明"想

再后来,改革的春风吹暖了经济,尤其是在改革先锋的广东。人民的生活越来越好,周围也充满了筑梦的成功商人,我也在形势之下驶入商海,想打出一片天地。

在追梦的路程里,我邂逅了妻子,组成了家庭,这个让我牵挂的港湾和事业成为我人生中两条并行的轨迹,给我欢乐,给我忧愁,给我遗憾,也给我满足。

岁月如梭,不觉间我也就走进了晚年,人生的书,也写到了最后部分。这一部分,少有波澜起伏的情节和扣人心弦的故事,一切的绚烂和激情归于平淡,到了另一层境界。我们在人生旅途,一路的所见所闻、感受感悟、成败得失,充实、装帧着自己的书,又引导儿孙写他们的书——儿孙们能写出好书,是我现在最大的期盼和心愿了。

人生最后的时光,应该就是一本书的后记了。在这段岁月,我想要简要总结我们的一生,给后辈留下一些寄语、嘱托,然后签下自己的名字。

回首看来,我的人生不是传奇,但也有不少的故事,人活着就要有所追求。在这条人生旅途,要走好自己的人生路,写好人生这部书。不经意间,千树万树梨花开,青春时所憧憬追寻的,中年时所纠结烦恼的,老年时所顿悟感叹的,不一定都能诉说出来,除了倾诉,我们写诗、写

兵商情

日记，写下这一路的相逢别离，爱与伤害，那些连笔墨也记录不到的，便在我们人生这部书中，组成一章章内容，连缀成我们人生最精彩的经历。

　　人生就像一部书。这部书，如果我们写得精彩纷呈，引人入胜，成了争相学习的名著，自是可喜；如果平淡无味，甚而不忍卒读，也没什么，至少能证明，我们曾经来过，曾经爱过……

第四章 "菊"思"明"想

总结人生

　　我曾读到过一首小诗,让人忍俊不禁,小诗是这样写的:1岁时/出场亮相/10岁时/功课至上/20岁时/春心荡漾/30岁时/职场对抗/40岁时/身材发胖/ 50岁时/打打麻将/60岁时/老当益壮/70岁时/常常健忘/80岁时/摇摇晃晃/90 岁时/迷失方向/100岁时/挂在墙上。

　　记得读后我和妻子开玩笑说,希望我们两人老当益壮,但不要常常健忘。妻子听后笑而不语,岁月流逝,在她脸庞上也留下了些许痕迹。平日里自己看自己,总是不觉得时光流逝,仔细端详他人,才会感觉不一样。蓦然回首,我与妻子两个也已携手多年,从满怀激情的青年到如今,也是两鬓斑白的老人家了。

　　国学大师王国维在他的《人间词话》中用三句话概括人生的三个阶段:"昨夜西风凋碧树,独上高楼,望断

兵商情

天涯路"是一个阶段;"衣带渐宽终不悔,为伊消得人憔悴"是一个阶段;"众里寻他千百度,蓦然回首,那人却在灯火阑珊处"是一个阶段。

与此相似的还有禅宗大师青原行思提出的参禅三境界:看山是山,看水是水;看山不是山,看水不是水;看山还是山,看水还是水。

大师的文字乍听之下意境唯美,立意深远,其实所讲的是相似的人生哲理。在我看来,三重境界,对应着人生的三个时期。

青少年时,人对世界是保持着一种新鲜好奇的态度,看什么是什么,纯真地相信着自己看到的一切。婴儿看到一片绿叶是欣喜的,儿童得到一块糖果是高兴的,少年时的一次心动是青涩的,如此这般,懵懂地认知着缤纷的世界;壮年时,人走入社会,发现真实的生活不再是父母所营造的温室,不是校园所建造的象牙塔,世界突然不再纯粹,也许利益的背后隐藏着危险,笑脸的背后暗涌着算计,平静的生活中也充满着不为人知的心酸,这时候人会迷茫,会思索,世界究竟是什么样子的?直到时间流逝,人到暮年,见过风浪,历尽千帆,一切风景都带着熟悉的样貌,很多年轻时的疑问已在心中有了答案,所谓返璞归真大概就是指这一时期人的状态。

第四章 "菊"思"明"想

　　我自己也从实际的角度，将人生分为三个时期，分别是成长期、贡献期和收获期。成长期是指从出生到走向社会之前，是学习各种知识，学习本领，学会做人，这大约到二十岁为一个阶段；所谓贡献期是指二十岁左右工作到退休，这四十年左右是工作阶段，为社会做贡献，为家庭做贡献，赡养老人，抚养子女；所谓收获期是指从退休起，从以社会角色为主转到以家庭角色为主，享受养老金，享受子女的抚养的时期。

　　我所划分的人生三个时期就像人间四季一样，怀胎十月算是春季，那是小小的生命之初的孕育，虽还不是一个独立的个体，但却已经承载着家人的希望，等待着降生。成长期算是夏季，一切都欣欣向荣活力四射，不断地吸收着阳光雨露，在热闹中成长。收获期就像晚秋，一切回归静谧，稻谷因为成熟而饱满的谷粒而低下头，不再是夏季那般恣意张扬，却平添一种成熟的平静气韵，吸收自然的养料，在这时也反哺给自然。

　　以上种种，算是我人生到此的小感悟，人生看上去很长，但真的到一定年龄后，会觉得时光如梭，无论处在哪个时期，现在看来，每个阶段都那么珍贵，每一次的经历都是我的宝藏。如果你的人生也经历着迷茫和彷徨，那么请相信一句，把一切交给时间吧，它会治愈一切。

兵商情

要听老人言

　　小时候,在华容老家我听说得最多的一句话,恐怕就是这句:不听老人言,吃亏在眼前。年幼无知的时候无论对书中的道理,还是口传的格言,我都是囫囵吞枣,如今自己也快古稀之人了,再来咀嚼这句话的意味,给我体会和感受犹深。因为我就是谨记这句话长大成人的。

　　不听老人言,吃亏在眼前。这句话由我来说,虽有"倚老卖老"之嫌,但这确实是我个人的经验之谈。年轻气盛的时候,对世界自有一套看法,可能对老人们说的话不屑一顾,但是成长后发现,老人们历经了无数的坎坷和挫折,见证了无数的成功和失败,可以说这一个"老"字,也是资格和经验的象征。

　　德国哲学家黑格尔说:"一句哲理在年轻人嘴里说出,和在老年人嘴里说出,是不一样的。年轻人说的只是

第四章 "菊"思"明"想

这句哲理本身,尽管他可能理解得正确。而老年人不只是说了句中的哲理,其中还包含了他的全部生活!"老年人用全部的生活,检验着哲理,他们在把这些有哲理的话转达出去时,会更有针对性和实用性。老子说:"道之出口,淡乎其无味"但"用之不足既"。

小时候,我常听祖母念叨:"人勤地生宝,人懒地生草。"那时不觉得什么,以为就是一句押韵的顺口溜,大人们讲来逗孩子们玩的。但是现在想来,这朴素的话其实是人生的真理:要想过好日子,就要勤勤恳恳踏踏实实,对于我们这些老百姓来说,手里的财富是苦干、实干干出来的。祖父母和我的父母,两代人都是勤勤恳恳的农民,我小时候跟着他们下地,看着他们面朝黄土背朝天,虔诚地在土地上劳作,岁月压弯了他们的腰,泥土磨皱了他们的手,但也正是他们扛起了家庭的重担,亲手将我们这些后辈抚养成人,推向生活的正轨。

在我成长的道路上,父母一直是我了不起的导师。尽管他们没有受过正规的教育,但他们仍然是我心中的榜样。父母自己身体力行,教会了我什么是责任,什么是善良。在之后的人生路上,当我面对重任时,我就会回忆父母的身影。他们把我们家族的优良传统传给了我,我也将沿着他们走过的路,将自己一生的财富,无论是物质上

的，还是精神上的，传递下去。

老人智慧是在漫长的人生中，对人间的矛盾、困惑、苦难等有深刻的认识，这种深刻，不偏激也不激愤，褪去了不切实际的理想主义，而是更加理性地看待问题，他们总结自己的经历，思考自己的过往，在生活的平常中发现人世生活的普遍道理和普遍规律。等他们老去，面对纷繁的社会生活，有着一份从容，也有足够的时间和精力去思考人生的问题，而不受世俗事务的打扰，这种心境让他们的结论更加接近真实，很少有杂念。

我看到很多年轻人，因为接触的东西多，好奇心强，所以什么事情都愿意尝试，什么事情都可以去做，但缺点也明显，就是没有定性。昨天还在准备考研，今天又要出去打工，后天没准儿和谁学着做生意去了。这样，世俗的事就纠缠住了人的本心，这个本心本应该是纯净、安静和充满智慧的，可被这一搅，想的都是争斗、矛盾、迷惘等等，久而久之，这样的心怎么能看明白自己？又怎么能看明白这个世界呢？

当然，我在此说的老人言，也不是指全部的老人。不得不承认有时候，年龄的增长并不等同于智慧的提升。人当然不能仅因为年龄，而将比自己年纪大的人的话照单全收。听老人言，也要看对象，要看那个人的生活阅历，那些真正懂得思考的长者的话，才是应该效仿的。但在大多数的情况下，在一个复杂的社会环境中，长者的睿智是值得借鉴的，因为他们看问题一定会有不一样的高度，站在巨人肩膀上看世界，那么解决问题的时候也会更加周到。

　　从更广的角度出发，老人言也代表着中华的传统文化。现在虽然是日新月异的科技时代，但无论何时，每一个人所面对的人生道路却大同小异。"量小非君子，无度不丈夫"，唐太宗遵之而宽宏仇敌，终成一代明君；隋炀帝未遵而睚眦必报，终致众叛亲离。"一争两丑，一让两有"，张英遵之，留下一代佳话；鳌拜、遏必隆未遵同室操戈，双双身首异处。历史上这些一正一反的事例，实在是值得我们思考。

　　其实即便不讲历史，就看我们当代的成功者和失败者，其背后不一样有老人之言在起作用吗？"世上无难事，只怕有心人"，这句老人言是对任正非这样的成功者最好的诠释；"东一榔头，西一棒子"这句老人言，正是那些天赋过人但最终一事无成的失败者的注脚。由此可见，对于老人言这简单而朴素的生活智慧，我们是不能不重视的。

兵商情

清风自来

偶尔会有年轻人问我，周老师，您有成功的事业，一路以来应该积累了不少人脉吧？能否分享一下，这里面到底有什么捷径，可以快速把握住事业上的贵人？

这是很常见的现象，人们认为一个人成功必然是因为贵人提携，运气加成，成功是可以有"捷径"的。但就我所知，成功是没有捷径的，也许会有机遇，但还有一句妇孺皆知的话——"机会是留给有准备的人"。人如果不加强自身的修为，不去自己努力，只想着守株待兔的话，那么只会蹉跎时光，一事无成。我看过很多野心勃勃的人，想要成功而去走一些捷径，可能当下得意了，但是却不能长远。那些走捷径的，最终证明是走了很多弯路。

现在市面上也不乏有些"成功学"书籍，致力于教给年轻人如何快速掌握成功的方法，他们强调人脉的重要性，而忽视了个人素养在做事中的重要性。甚至是在名著里，比如《西游记》中，也常看到人们鼓吹孙悟空依靠着各路菩萨、各路神仙在取经路上无往不利。他们拿此来当作成功与人脉之间必然关系的证据。在我眼里，这种说法是荒唐的。在满脑子都是利益、捷径的人眼中，名著也可以如此功利，被欺骗的人因为那些人举的例子是四大名著，所以也就跟风相信。加上凡人又总是懒惰的，他们宁愿相信依靠攀关系而得来利益，依靠欺骗而得来金钱，也不愿意付出行动来圆自己的梦想。

他们不知道，名著之所以这样写，是为了突出某种戏剧性，让读书人更喜欢，孙猴子在菩提老祖门下一日日地练习没有详尽地写出来，是因为过程必定是枯燥的。而鼓吹成功学的人们还忽视了一个更重要的事实，就是佛祖的徒弟——金蝉子唐僧想要取得真经，都要历经九九八十一难，贵为"齐天大圣"的孙悟空还要经历劫难才能修得正果。这才是《西游记》要讲的故事核心。鼓吹《西游记》里的成功学，恰恰忽视了名著中最想讲述的真理。

记得当年，我女儿大学期间曾经被委托去教一个备战高考的孩子，那个孩子很聪明，但是学习成绩一直上不去。女儿去了后，开始跟他讲平日学习里应该注意的事项，学习的方法，如何整理错题，等等。不料那孩子打断

了女儿的讲话,只问,有没有什么诀窍可以让他快速应对考试。女儿听后很是惊讶,不知道如何回答。后来她跟我谈这件事的时候,说:"我当初就是踏踏实实学习,一个题一个题地整理,把所有的考点搞明白才能胸有成竹地应对考试,真问我应试的诀窍,我也只有八个字'难者不会,会者不难'。"

我很认同女儿的话,人生很多事就如同考试一样,你好好准备了,把要考的知识点都掌握清楚,那么你面对一道道题目,才可以畅通无阻。想要成功,也是同一个道理,要先强化自己的能力,先修行吃苦,才能更好地掌握自己的人生。最近有一句俗语又重新热门起来——"打铁还须自身硬",朴素的话蕴含着深刻的道理,事情的结果最终看的还是做事那个人的能力。

那个揠苗助长的人,想要自己的禾苗快点长高,采取了看似快速实则愚蠢的办法,最后只得到了一片枯枝败叶。那个守株待兔的人,想依靠一棵大树等待自动撞上来的傻兔子,结果荒废了自己的土地,还被人耻笑。这些想要以最省力、最快速的办法取得成功的人,最终都没有得到自己想要的,可悲也可怜。如果他们早知道只有奋斗,只有勤勉才能有所收获,也许不会落得这种下场。

是的,很多人喜欢把别人的成功,归功于侥幸遇到了贵人,却不知道每一个成功者背后付出了多少汗水和心血,更看不见他们付出了多少艰辛和努力。

如果一个人本身不优秀,不靠谱,即使有贵人,人家也根本不会和他合作。一个人如果品格端正,为人诚恳,又懂得铆足劲儿努力,才等于有了自己的金字招牌,才会等来更多良性持久的合作者。是金子总会发光,是花开,自有清风来。这个世界上,没有什么比努力和诚恳更能打动人心。这个世界上,也没有什么荆棘可以阻挡一颗奋进的心。

如罗曼·罗兰在《爱与死的搏斗》里说的那样:一个人只要具有了向上的力量,就能一眼望到山外的大地,蜿蜒的长河。我想只要我们脚踏实地走好每一步路,勤恳付出,真诚做人,仔细做事,去努力,去拼搏,就一定能够遇见生命中的"贵人",遇见自己的花期和美好人生。

兵商情

生活有糖

　　对于我们这一代人来说，小时候，糖是奢侈品，是一年也尝不到几次的美味，甜甜的糖，可以慰藉人疲劳的心灵，让人心情愉悦。吃糖，可以刺激大脑分泌多巴胺，让我们感到快乐和满足。物质丰富的今天，我们有很多方式获取满足感和幸福感，但儿时的我，吃一口糖得到的幸福，是今天无法想象的。

　　记得小时候，我爷爷有个放着白砂糖的塑料罐，放在厨房里高高的架子上。重大节日或者孩子们身体有恙时，爷爷就会打开罐子，用扁扁的铝勺子从里面舀上一勺白砂糖溶在水里，给我们喝。碗里清澈的白开水和平日里没什么两样，但是流进嘴里，那甜甜的滋味便在口腔扩散，那一瞬间，节日的气氛变得更加浓厚，身体的痛楚也减轻许多。

第四章 "菊"思"明"想

再后来，糖果变得多样了起来，但家里的条件原因，我也不能经常吃到，那偶尔的尝试，让人激动不已。在每次打开糖纸之前，我都充满了欣喜的期待。

生活中有各种的难题，各种的苦涩，但糖可以给我们实实在在的甜，并且这种甜，是五彩斑斓、多种多样的。就像话梅糖，浓稠的酸里面有些甜，乌色的糖块放进嘴里，有些黏滞地随着舌尖在嘴里踽踽滑行，咂巴着嘴来品味，酸味在嘴里化开，刺激口水的分泌，之后是甜味，让人留恋。像冰糖，那样剔透，那样晶莹，单纯的甜，虽没有其他种口味，但疲劳的时候，放进嘴里，嘎嘣嘎嘣嚼碎，快乐变成了几小份，融化在舌尖。还有软弹的饴糖，香气扑鼻的花生糖，每一种糖都让我想起与这味道最初相遇时的情景。

也许因为儿时糖的珍贵和我对于糖块的渴望，在我有了女儿、儿子后，我会不时给他们买一些糖放在家里，也放在我的兜里、包里还有车里，以备不时之需。现在的糖比起以前来样式更精致，口味更多，巧克力、水果软糖、硬块糖、夹心糖、跳跳糖等等，即使没有糖，也有漂亮的糕点，清爽的汽水，孩子们的零食让人眼花缭乱。也许对于他们来说，甜甜的滋味已经是他们日常生活的一部分，手到擒来，不用再去刻意地等待，焦灼地期盼了。

兵商情

但糖仍然能帮助我做一些事情,在焦虑的时候,它可能成为暂时安抚人心的灵药;在招待宾客时,它是可以表示欢迎的小小惊喜;在无聊时,它是能够消磨时间的工具。

记得有一次,我在机场候机,身边坐着一个活泼的小女孩和她的妈妈。小女孩尖叫着在候机厅跑来跑去,年轻的母亲显得手足无措。她不断地劝阻着孩子,甚至把她拉过自己身边,按在座位上。小女孩在座位上东张西望,一会儿开始全神贯注望着我,我看着那张可爱的小脸,下意识地摸进裤兜,掏出一块不知什么时候放进去的糖。

我问小姑娘:"小朋友,要吃吗?"她听到后,眼睛咻地亮了起来,但还是略带疑问地望向她的妈妈。她的妈妈犹豫了,打量了我一会儿,最终接受了糖果。我知道,现在的小孩子不再缺糖吃,糖块也不再是那么珍贵的东西。现在的社会也慢慢复杂,一个陌生人带来的糖果自然让成年人警惕。但看到小女孩吃糖块时满足的笑容,我知道在孩童的眼里,糖带来的幸福,还是没有变。

糖纸里的糖,衣兜里的糖,包在世界里的糖,包在命运里的糖,不知道是什么口味,只要是善意的,那么它就一定是甜的,会给你不期而遇的甜美。

但吃糖,也要讲究适量。糖最正确的打开时间,就是某种负面情绪来临前的那一秒。如果糖吃得太多,会产生各种各样的副作用,比如发胖、皮肤变差,等等。我的生活中,从幼时糖的稀缺,到现在糖的泛滥,真是经历了戏剧性的变化。以前的人们很少拥有糖,却期待吃到糖果;现在的人们生活中充满糖,却要靠自制力来抵御糖的诱惑。这里面也蕴含了某种道理。

就好像人与人之间的情感,我见过许多的情感,从陌生到分开,我见过许多的离开,人们从试探到热情再到冷漠,每日的柔情蜜意会腻人,过于平淡的生活也无趣,好的感情经营需要我们在平淡的生活中给予时不时的惊喜,需要不时地维系。

糖毕竟不是主食,不是每餐都要吃的东西,但它是生活重要的调剂品,是我们偶尔安慰自己的礼物。

在甜味泛滥的今天,我偶尔也会怀念小时候,那种需要期盼、等待,如珍宝一样珍贵的糖。

兵商情

浅谈"工匠精神"

现在我们都在推崇一种"工匠精神",这是一种严谨认真、精益求精、追求完美的精神。医生这个职业,太讲究这种精神了,在手术台上,患者的每一条血管,每一次心跳,都牵涉着一条生命,行医治病救人,关切的是人的健康,作为一个"老"医生,我对工匠精神是十分看重的。

其实"工匠精神"在中国的传统文化里随处可见,看北京故宫里的一砖一瓦,看苏州园林里的一草一木,里面都充满了古人的智慧与严谨。而市场经济下,有些人眼里开始只看到利益,忘却了我们中华民族传统文化中那种负责、严谨的态度。

在我的经历里面,有一个事情让我记忆深刻。那是许多年前的事情,那日工作繁忙,我下班的时候已经很晚

第四章 "菊"思"明"想

了,步行到大街上,发现夜幕已经降临,我发觉自己饥肠辘辘,才想起来自己还未吃晚餐。当时在我医院周围有一些连锁餐厅,也有一些私人开的小饭馆,连锁餐厅里面食客很多,有的甚至还在排队等号。而那些小餐馆却生意惨淡,门可罗雀。如果是平常,我肯定选择在连锁餐厅那边排队等待吃饭,可是那天由于太过疲劳和饥饿我选择在小餐馆里解决自己的晚餐。

那时我也想,品牌和路边小餐馆都是用一样的材料,做一样的饭,本质上能有什么区别呢?但事实告诉我,任何行业内的成功,都不是没有缘由的。

我在小餐馆里点了主食和青菜,等待上菜的时候我打量着周围的环境,确实,比起那些品牌饭店里干净卫生的就餐环境,小餐馆里面对于清扫这一方面就稍逊一些。这些我当时都归因于小本买卖,人手不足。但最令我愤怒的是,待到我的青菜端上来,我正在进食时,发现青菜叶并没有洗干净。

我当下就质问老板,老板过来看了一眼,轻飘飘道了歉,便端走了我的青菜,说给我换一盘。

可是,出现这样的事情,谁还敢吃啊。

之所以这个事情让我印象深刻,是因为直到今天,我和我的家人外出就餐的时候,对待这种小饭馆,仍然存有

兵商情

心理阴影。

咱们中国有句老话叫"酒香不怕巷子深"。现在我们看到的很多大品牌、老字号，它们也都有过名不见经传的时候，但这些品牌之所以通过了时间的考验，甚至开出多家分店，正是因为他们从一开始，就兢兢业业地做好自己本分的事情。而不是等到强大了，才去认真，如果人在最开始做事时就拒绝敷衍，不敷衍，那么他和他的事业才有成长的可能，才有机会做大做强。

其实想来，我在小餐馆经历的事情，已经不能只用一种"严谨"或者"不够严谨"的原因来概括，在我看来，"工匠精神"不仅要求的是能力，更重要的是一种"道德感"，现在社会很多人急功近利，觉得能力、权力、财力才是人们应该去追求的目标，对于道德的追求就显得十分懈怠。其实做好生意，就是对顾客的负责，就是道德的一种要求。我们平日看到许多人做事敷衍、懒散，都说是态度有问题，其实归根结底，这是职业道德的缺失。医生敷衍，损害他人健康；科学家敷衍，损耗的是国家利益。

我们现在看到的那些古代绮丽的人文景色，夺目的手工瑰宝，还有现代的高精尖技术产品，都是劳动者不断雕琢、不断改善、不断追求的结果。他们享受着产品在自己的双手中升华完成的过程，对细节有着很高的要求，甚至在我们看来，他们可能有些过于追求完美和极致，但正是这种执着的坚持和追求，才能把自己手中的事业品质大幅提高，其利虽微，却长久造福于世，造福人民。

早些年，还有很多人鼓吹德国人和日本人的"工匠精神"，说人家之所以有着高端的精密仪器，完善的科技产业是因为民族性自带的严谨态度。说到此，又说我们中国人自古以来就没有这种严谨的风格。这种论调真是让我啼笑皆非，且不说同是黄皮肤的亚洲人有什么区别，就是想想"四大发明"所在的文明古国，你说他没有"工匠精神"，说没有严谨态度，反正我是不信的。

这种将某种精神跟文化习惯强行拉扯在一起的行为曾经让我不解，后来我明白，这大概就是给自己找理由，同时也折射了某种自卑心理。"工匠精神"从来不是骨子里自带的一种"基因"，它是需要人踏踏实实，一步一步做出来的。多少绣娘由于夜以继日的刺绣损伤了视力，多少运动员由于严苛的训练落下了伤病，"工匠精神"不是人们看到结果后的那一声欢呼，不是让人啧啧称奇的那些成果，精神背后凝聚着的是奋斗，是努力，是血汗。

可喜的是，"工匠精神"虽然曾经被忽略过，但是我仍能看到身边很多具备这种精神的好人。我的医院里面，

兵商情

有很多掌握着高超医术的专家，他们对待患者的态度负责，对待病症的态度严谨，每每想来，让我佩服又感慨。作为一个从小门诊部逐渐成长起来的医院，我们成功救治过许多危急病例，一次一次地战斗，我们用自己的成绩来证明院里的实力。现在我们事业发展到此，说到底，我们是"工匠精神"的受益者。

面对前所未有的繁荣社会，我仍然呼吁一种不被世俗名利所驱使的淳朴之心，一种"虽千万人吾往矣"的赤子之情，一种繁华中保持清醒和忍受孤独的觉悟。仅仅全心全力地做一件事情，咬定青山不放松，这样的人多了，这样的精神普及了，也许很多浮躁的、敷衍的情况也就消失了，我们国家传统文化中那些珍贵的品质也就找回来了。

第四章 "菊"思"明"想

彪悍人生要经得起摔打

一个人，无论你是草根，还是显贵，想要做成一件事或者要站稳脚跟，首先要对自身有清晰的认识，要有在摔打中成长的精神准备，要敢于面对失败，也要敢于面对成功，经得住成败得失的摔打，只有认定目标的定位，在摔打中发现自己可以上升的空间，扬己之长，避己之短，锲而不舍，你才有可能慢慢接近目标，取得自己希望的成功。

我听说过一个"皮实"理论，是个企业家说的，他说的大概是："一个追求效率的组织，沟通的时候一般都有话直说不会拐弯抹角，如果直接批评哪个人了，不要玻璃心，让情绪影响工作；当然，这种队伍里，表扬也会是及时的，但被表扬了也不能骄傲，需要能受得起追捧。"

社会是一个充满变数、充满着不可预知风险的地方，

兵商情

年轻人初次面对竞争激烈的职场、复杂的人际关系，肯定会遇到许多失意时刻，人际复杂、事业瓶颈、创业失败……在这些困难中，他们的心理承受能力如何，直接关系到他的人生质量。从小给予孩子正确的引导，强化孩子的心理承受能力，是父母给予孩子受益一生的珍贵礼物。孩子一生中免不了各种各样的挫折。现在的孩子从小得到了精神上和物质上无微不至的关怀，长大后面对挫折，往往显得有些脆弱，有的灰心丧气，更严重的甚至做出极端的选择，所以我们在培养孩子面对各种挫折的同时，一定要给孩子关于生命的教育，珍爱我们的生命，经历人生中的起起落落，不断感悟人生、充实自我。

　　人无完人，再聪明优秀的人，也会犯错误，也会面对竞争和批评，如果一个人的心灵脆弱剔透得像个水晶瓶，一摔就碎，那么他很难在残酷的社会中挺下来。在社会中容易取得成功的两种人，一是笨但是抗压能力强的，笨一点没关系，许多工作技能也不复杂，多学几次就会了，熟能生巧，受得了骂和挫折，品行又正，总有出头的一天。那些聪明且抗压能力强的，他们学习能力强又不怕犯错误，在自己的领域，走到塔尖，是自然而然的事。

　　在今年的这场疫情中，我们国家对感染的民众采取了中西医结合治疗的方式。我们可以看到在方舱医院里，医护人员和患者一起做八段锦这样温馨的场面,其实做八段锦,既增强人的体魄,也放松人的心情。其实面对疾病,中医的理论是要调适好自己,让自己心情舒朗,身体强健。只有有一个好心情才能有一个好体魄,有一个好身体,才能应对更多的考验。

通过疫情,我也在思考,我们应该开始提升自己的综合免疫力。

有人被领导批了一上午,但下午依然乐呵呵工作;有人只是别人给了一个脸色,就玻璃心碎了一地。这是不同人的情绪免疫力。情绪免疫力,其实就是抗压能力,心大,经得起折腾,扛得住击打。

我工作了一辈子,当兵的时候上过战场参与救治,后来又进商海,我本身是个认定一件事,披荆斩棘都要去做的性格。自己经历过失败,打过胜仗,错过风口,踩过坑,但我一直保持了乐观的心态。没有一个好心态,在战场上如何面对瞬息万变的战局和无情的敌人?在做事业的时候,没有一个好心态如何面对生意的失意和残酷的竞争?在手术台上,医生没有一个好的心态,如何去救治自己的病患?

朋友经常说我心态好,其实就是练出来的。我年纪大,小的时候物质条件不高,家里兄弟几个,父母分配给

兵商情

我们的精力也有限，从小就是摔摔打打过来的。长期这样，我的心里建上一堵挡土墙，有价值的信息就开个门放进来，不值得理会的、负面的，被我统统挡在这堵墙外面。

现在有一种行为，叫捧杀。就是说如果一个人天天生活在一帆风顺的场景里，如果天天被人夸，那么这个人往往失去了对自己的客观认识，一旦面对别人一句真实的评价，哪怕不是批评，只是一句劝解，他都会十分失落，要么是对外界产生敌意，要么是对自己产生极度的怀疑。这就是真正掉进了名为"赞美"的坑里。

真正的坚强是什么？内心坚定，勇往直前，始终知道自己是谁，扛得住压力，经得起赞美。

日本作家渡边淳一有本经典的书叫作《钝感力》，说的就是这种可贵的品格。按照渡边淳一的解释，"钝感力"可直译为"迟钝的力量"，即从容面对生活中的挫折和伤痛，坚定地朝着自己的方向前进，它是"赢得美好生活的手段和智慧"。"钝感"二字和"敏感"相对。在渡边淳一看来，由于生活节奏加快，现代人过于敏感往往就容易受到伤害，而钝感虽给人以迟钝、木讷的负面印象，却能让人在任何时候都不烦恼，也不气馁。

渡边在书中总结说，人能否成功，并不完全取决于才能，有益的钝感力也很重要。钝感力给人一种不让自己受伤的力量，是厚着脸皮对抗外界的能力，也是一种积极向上的人生态度。在各界取得成功的人士，其内心深处一定隐藏着一种绝妙的钝感力。

生存环境从来都是严苛的，每一个在社会上求生存的人都在不断调整自己，好适应周边不断变化的环境，所谓适者生存就是这个意思。为了自己，有时还是要钝感一点才好。

不挣快钱

改革开放四十周年了,我们国家经济近年来一直在飞速发展,社会创业的人越来越多,许多青年凭靠自己的本事在年纪不大的时候,就挣到了自己的第一桶金,让人艳羡。同时,很多人只看到别人丰收的果实,眼馋他人成功后的辉煌,不去考虑辉煌背后的努力和付出,他们梦想着一夜致富,通过某种途径,快速成功,走向人生巅峰。

我从部队转业下海后,有段时间没日没夜地学习如何做生意,那段时间,我的大脑几乎每天都飞速地工作,一个军人到商人的身份演变,有太多事情需要我去想通,去搞清楚,我压根没有休息,而那段时间,我也是没有在乎自己是否赚钱的。后来我的医院渐渐做大,有了一些影响力,身边也有许多羡慕称赞的声音,我创办医院后,曾多次放弃加盟大品牌大医院赚大钱的机会,因为我想做长久的品牌。从沙河大街的门诊，到现在有一定规模的肿瘤专科医院，这个成绩，靠的是面临倒闭危机时的坚持、爆红后的不浮躁和对医学的坚守。每个创业者的成功需要一些隐忍和坚守，更需要一些情怀和理想。在此，我是想表达，这小小的成功背后，是不计成本的付出与努力换来的。

说到这儿，我又想到之前因为创业发生的事情。1998年出生的王凯歆，16岁辍学创业，成立神奇百货，做垂直电商，2016年初后参加BTV的创业真人秀《我是独角兽》，当场被5个资本大佬争相投资，拿到1500万元A轮投资。坐拥一串神奇标签的神奇少女CEO，一时风光无限，然而风光却只持续了100余天。2016年5月16日，《GQ中国》的一篇报道《17岁CEO王凯歆：风口少女的神通与孤独》一石激起千层浪，文章中所呈现出的少女CEO言行颇具争议，从此让"神奇百货"和神奇少女王凯歆丑闻不断。不久后神奇百货信誉下跌，类似《95后创业者跌下神坛！曾身价过亿，现人去楼空，连保洁的工资都黑了！》新闻也不断出现，没多久神奇百货官网已停止访问。

这是一个关于"创业"的传说，也是一个关于"一夜暴富"的传说，之所以让人觉得虚幻，是因为故事主人公是一个花季的少女，普通的十几岁的孩子，都还徜徉在

兵商情

题海中,准备一次又一次的考试,来回于家庭和学校,而上文王凯歆已经坐拥一个千万公司。但是我们仔细思考一下,这个故事如果剔除年龄,换上任何一个人,它就会变成每天都在发生的故事。

是的,社会的竞争就是如此激烈,当下,互联网发达,数字经济时代,每个人似乎都拥有一个成为千万富翁的梦想,并且网络上的一些人或事也在向外界传递,人们似乎距离这个梦想很近。我们看到网络平台上很多人叫嚣着要"月入百万",同时还有很多人兜售着所谓的"成功经验"。朋友圈里,有的人昨日还是平平无奇的上班族,今日摇身一变成为老板,明日就去喜提"法拉利",升级速度让人咋舌。

但我想郑重地讲,社会的实情不是这样的,据报道,我们国家平均每分钟有8家公司创立,而其中能够存活下来的不过百分之十。那些表面上开豪车住洋房的人,车子是租的,房子是借的,甚至他们身上的一切都是精心打理的,这一切都是虚幻的"陷阱"。

世界上,根本没有一本万利的生意,没有"一夜暴富"的神话,说"挣快钱"不过是拿自己的青春,拿自己的信誉,甚至拿自己的良知去做赌注。想想那些宣传让你"挣快钱""一夜暴富"的"事业",后来血泪的结果证明，那些不是诈骗，就是犯罪！

"君子爱财，取之有道"，是我想对每一个年轻人讲的道理。我们付出自己的劳动，勤勤恳恳耕耘自己的事业是应该的，无论怎样，应该守住"法律"和"道德"两条底线。让自己手里的钱，无论多少，至少清白。

快乐在于心境

我是一名医生,按年龄来说,现在我也是一位老人。不惭愧地说,到目前为止,我看过许许多多的悲欢离合,见证过很多人的喜怒哀乐。在看别人的时候,往往自己也会受到一些启发,有一些小小的思考,这些思考对我自己的人生也有所帮助。人生很长,也很短,到了我这个年纪,对许多身外之物已经没有太强的欲求,只觉得快乐尤为重要。

中国载入史册的文人很多,我最欣赏的是宋代苏轼。苏轼是豪放派的代表人物,从他的诗词中,我们耳熟能详的是"会挽雕弓如满月,西北望,射天狼"这样狂放慷慨的语句。但看苏轼的仕途,才知道,他的一生可谓十分曲折,政治生涯中,曾遭遇三次贬谪,其到晚年时,还被贬去海南儋州,要知道,宋代的海南可不是今日的度假胜地，九百多年前的海南，可是真正的天涯海角，偏远之处。但苏轼最为可贵之处在于，即使在这种情况之下，他仍能保持一种乐观向上的心境，写下"莫作天涯万里意，溪边自有舞雩风"这样旷达乐观的诗句。另外，他还将中原文化传播给此地人民，带领儋州的人民一起耕作，教授他们打井取水。闲时，还同幼子苏过研究山芋的吃法。这种潇洒的心态，让人心生敬佩。

　　作为医生，我知道一个快乐的心境对于一个患者来说是多么重要，有的人生了病住进医院，看待一切如同末日，夜不能眠，食不知味，每日惶惶不安神经紧张，太大的压力之下，身体各方面机能都在下降，只能看着健康离自己越来越远。一个良好的心态有时候是可以拯救一个人的。欧·亨利那部感人的小说《最后一片叶子》里，老画家画的那片藤叶最终拯救了一条生命。那片不会凋谢的、嫩绿色的藤叶，带给了学生希望，带给了学生快乐，那篇藤叶，可以看作是生的希望，是快乐的魂灵。

　　人生在世，没有谁能一帆风顺，没有谁能万事如意。人生一世，重要的不是你遇到些什么，而在于你怎么去看待。遇到什么，也许是命运的安排，很多时候无法改变，但能够改变的是你的态度。

我们既然来到这个世上一次,没有理由不快乐,即使境遇非常坎坷,只要放宽眼界,仍然会有许多快乐的理由。快乐在于心境,快乐靠自己去把握,靠自己来决定。

第四章 "菊"思"明"想

生气与争气

多年前朋友送给我一把折扇,扇面上写了一首打油诗,诗叫作《莫生气》。相信很多人都从不同的地方看到过这首诗,天热时候,闲着无聊,我便会默默读扇面上的文字,像是念诵某种咒语。打油诗写得诙谐,用词浅白,但道理还是挺好的。

其中有一句,"别人生气我不气,气出病来无人替",作为劝诫的话,说得确实够实在,年轻时不觉得,年纪大一点后才发现,生气最终损坏的是自己的心境,最可怕的是,毁坏自己的健康。

古时候,有个年轻人,家里有一点地,但土地贫瘠,一年到头没有多少收成,以至于年近三十还没有娶到老婆。年轻人不想一辈子打光棍,于是将地留给老父亲打理,自己另寻出路,每天早出晚归,做起了小买卖。做买

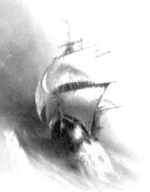

兵商情

卖容易受气,每次带着一肚子气回家,年轻人就会绕着自家土地跑上三圈。后来,他的生意越来越大,房子也越来越多,不但娶了老婆,还生了好几个孩子。

富有之后,一遇到生气的事,年轻人还是会绕着自家的土地跑上三圈。虽然每次都累得气喘吁吁,但他始终坚持着这个习惯。老父亲不解,问他:"为什么一生气就绕着自家地跑呢?"年轻人笑着说:"以前穷,在外面受了气,无处发泄,只好回家绕地跑上三圈。每次跑完时我就会想,土地这么少,房子这么小,老婆娶不到,有时间生别人的气,倒不如想想怎么多赚钱。"老父亲点了点头,接着问:"那现在富裕了,你为啥还要跑呢?"年轻人接着说:"现在每次一生气,我就会边跑边想,我有这么大的地,有这么多的房子,父亲健在,妻贤子孝,生活如意,又何必与别人计较,气坏了自己的身子呢?"

是啊,人这一辈子,不如意之事十之八九,生活中总有些看似过不去的坎,因此拥有一个好心态极为重要,一个积极阳光的心态可以让我们更加坦然面对生活中的困难与不如意,生气不如争气,抱怨不如改变。

生活中当我们不能改变我们的环境与遭遇,那么我们唯一能做的就是改变自己的心态。有人曾说过:"如果连自己的心态都控制不了,即使给你全世界你也会毁掉。"生活中的喜乐哀乐全由心态把控。

人生有时阳光明媚,有时暴雨倾盆,世上从来没有什么常胜将军,面对那些挫折与失败,我们需要做的是,努力去争气,而不是怨天尤人,战胜困难才能变得强大。

有些时候我们做一件事,越是考虑输赢,越没有自信,自信是一种精神力量,自信的人走到哪儿都自带光芒,有些事你只管去努力,剩下的交给时间,你的汗水与努力不会骗人。

比天空更大,比海更阔的是人的胸怀,凡是成就大事的人必然有一颗宽广的心胸,宽容是一种美德,更是一种智慧。退一步是情,让一步是心。

再坚强的人也有脆弱的一面,心灵是灵魂的窗口,生活中我们要经常给自己的心灵松绑,扔掉一些负能量,只有这样才能腾出更多的心灵空间,去接受生活中的爱与阳光。

兵商情

累了你可以休息,但是和放弃没关系,没有人能随随便便成功,伟大的人之所以被人所尊重,那就是他们从来不把挫折当借口,遇见困难就躲,遭遇挫折就退,你永远都是生活的弱者。

第四章 "菊"思"明"想

学会选择

现代人总自嘲压力大,生活中有许多的不容易。尤其是大城市的路上,经常看到行色匆匆,忧心忡忡的年轻人。他们为了工作、为了事业奔波,奋斗对他们来说,像在迷宫赛跑,每个人都尽力往前奔,却不知道目的在哪里。

人生的道路那么多,当一条条通道摆在我们面前的时候,我们往往都不知道如何抉择自己的方向。

我经常会看到听到一些年轻人,处在成家立业的年龄,却仍然在社会上漂着。工作方面,现在社会上的机会多;情感方面,现在优秀的年轻人多。总之,他们有大把的机会来选择,但我发现,那些要求完美的,对世界抱着很高期待的年轻人,往往希望事情是一次到位的,工作和恋人都是斟酌了又斟酌,稍有不合意就放弃,比如有份报

兵商情

酬不错的工作,嫌氛围太压抑,有份轻松的工作,嫌前景太黯淡,有个贴心的恋人,嫌没有刺激,找个洒脱奔放的,又嫌不够安稳。于是他们在不断挑拣的过程中,往往就把时间给耽搁了。

很多人喜欢自由,追求自由,同时也渴望富足,向往成功。但是他们忽略了,世上没有绝对的自由,所有自由都是建立在某种条件上的。你和公司签了合同,公司为员工提供薪酬,而员工就要按公司的纪律和规章兢兢业业工作。你建立了家庭,就要付出关爱,担起责任,保证忠诚。如果你向往外面的世界,那么可以做一个自由职业者,同时,也要做好收入不稳定的准备。你想要追求感情上的洒脱,但一定要在尊重家庭这个基础上去做。其实简单来说,你可以把每一次的选择,都看成一种契约。有了契约,就意味着你有所得,也有所失,这种得和失都是自己的选择,选择了,就不要后悔。

人明白到一定程度,理解了契约,将会坦然很多。契约是双方的,自愿也是双方的,自愿不是我开心,对方不开心,也不是对方开心,我不开心,是各有开心,各有承诺。雇员工作辛苦,有不开心,但拿到钱,可以养家糊口,这开心。雇主发工资有压力,有不开心,但公司活着、盈利,这开心。夫妻之间,有吵闹,有摩擦,有不开心，但两个人团结起来有温馨的家庭，彼此扶持，这就开心。

所以要做好选择，当你做决定之前，心里对利弊的衡量，对方向的选择应该是成熟的，接下来就要履行自己的选择，接受自己的选择。古语云"世事难两全"，世上很难有方方面面都兼顾到的好事情，所以要避免事事都追求最合心意的极端心态。

成为会选择的人，更重要的意义是，它是人真正走向成熟的一个标志。幼稚的人才什么都想要，成熟的人会做出选择。如果你是一个永远不能满足的人，那么，你年薪千万，高楼豪车，你也很难感觉到幸福。只有清楚明白知道自己追求的是什么，并朝着这个目标努力，你的奋斗才会有方向，你的脸上也不会再有迷茫。

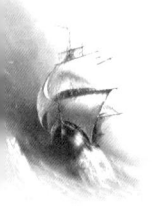

健康无价

电视、广播、网络上充斥着各种保健品、营养品的广告,从我们年轻的时候就有,现在仍然是这样。养生,永远是中国老百姓热衷的话题。各种品类的保健品在市面上层出不穷,养生方式也常见常新。人们对于养生的投入也很舍得,这种重视健康的态度非常好。可有的时候,看着宣扬各种疗效的药物,各种神奇的药方出现在市场,并收获大批拥趸的时候,我会疑惑:这种消费是否有些本末倒置——其实拥有一个健康的体魄是可以不要钱的。

我们对于健康的重视,是因为大家都知道——健康很重要,一个康健的体魄是人做一切的资本。就如我们一开始得到健康不需要任何投入,但它一旦失去,就会给我们的人生造成不便。有时候一场疾病,一场意外可能会让我们身体状况大打折扣,而大多数时候健康的流失是一个极为缓慢的过程，慢到你对这个过程一无所知。二十岁的时候觉得自己还能熬夜，二十五岁的时候就觉得熬不住了，三十岁的时候还能喝酒吃肉，三十五岁的时候发现吃多了胃不舒服。大多数人都是到了某个年龄，才突然意识到，身体开始老化了，以前的轻松自如，都已经随着岁月远去。而出现问题的时候，也恰恰是人们对保健品最热衷的时候。

所以既然知道健康那么重要，我建议对身体的保护也从年轻开始，从细节开始，从它还不需要你大份额投入的时候开始。健康流失得不知不觉，而健康的增加过程也极为缓慢，需要你付出，需要你自律，需要你流汗，需要你克制。保持健康难就难在，它需要你掌握自己，健康只能自己向自己要，而不能等到病痛缠身的时候去求医问药。在保持或者重塑健康的过程中，人的自信心和自控力也大大增加。你得到的不只是健康的身体，还有更强的意志。做到这两点，做事的成功率必然更高。

这样看来，其实单纯地想保持健康只需要很朴素的方式，不需要去特别做一些消费。对保健品的热衷不如看作是人们对于失去健康的最后挽留，这种挽留极其强烈，也极其无奈。其实想想，很多事情都是这样，现在多数疯狂的消费，其最内核的原因是为了弥补某种缺失。消费者买

保健品的时候是为了留住已逝的健康,虽然年轻时健康是免费的;大人安排小孩子疯狂上补习班,是为了安抚父母的不安全感,其实他们没有发觉,快乐的童年是免费且无价的;人们疯狂消费是因为想用物质来让自己快乐,但其实真正的快乐免费且无价……

所以我想在此做一个小小的呼吁,这个时代金钱价值尤为重要,它可以让我们的生活变得便利、舒适,但我们也应该认识到,真正珍贵的东西,往往是那些免费的。

第四章 "菊"思"明"想

接受平凡的自己

我有个发小,在择业的时候选择当一名中学老师。刚开始工作的时候,他跟我诉苦说班里的学生看他是年轻的老师,总对他不够尊重,导致他有段时间,一走上讲台就紧张,小腿肚子直哆嗦。后来他退休的时候,以特级教师的身份光荣离开,那时的他,已经不再是因学生的质疑而愤怒的年轻人,而是一个老辣的一线教师了。我祝贺他的同时,也感慨时间如梭也如刀,它在慢慢改变很多东西。

当我还年轻的时候,我很理解我发小的感受。一个初入社会的人,最希望得到的就是来自工作上的肯定,当这个愿望落空的时候,他就会很受挫,很灰心。而前段时间我们一起喝茶,看到他花白的头发和平静安和的眼神,我想他不用再去证明什么,他本身就是一名优秀的人民教师。

兵商情

当一个新入职的老师站在讲台上的时候,他期许看到学生乖巧崇拜的目光,听到学生赞美的话语,但现实总是残酷的,学生不只是听话,教师也不一定完美。我觉得世界上最难的事情里面,应该包括得到别人的认同与肯定这件事。有时候我们用逻辑,用事实,都说服不了一个人去赞同自己。这种情况应该怎么办?

这个问题,20多年前,我可能会绞尽脑汁去想一系列的策略,甚至不惜与人起冲突。那时候,我因年轻,还对自己的能力有着许多自信,对自己认为正确的真理有着坚定不移的信念,我想要得到肯定,并将自己认为正确的价值观去影响别人。

后来,忘了是哪一天哪一月,我的想法改变了。我终于接受了一个力量有限的自己,我终于看清了自己的目标。我的目标就是排除杂念,做自己认为正确的事情,仅仅因为我觉得正确,而不因为其他。放下这个虚荣的担子后,我整个人得到了平静,我不再为一声轻飘飘的夸赞而活,我也没什么说服他人的任务,我要面对的,只是我自己,我是芸芸众生中的一个,上天也许不必特别垂怜于我,别人也不欠你一个心悦诚服。

我的发小在经历了一次次的灰心挫败、小心翼翼之后,痛定思痛,终于也放弃了努力让学生崇拜自己。他钻

第四章 "菊"思"明"想

研自己的教学，思考每一道考题，他脑海中从此都是更为实际更为平凡的事情，他接受自己是一个平凡的青年教师，努力地从前辈身上学习经验，他接受自己在课堂上偶尔的疏忽，更坦然地面对不那么成功的自己。后来他上课不再紧张，后来他不再关注学生对自己的感情，而去关注学生是否听懂。当他全身心做这些事情的时候，他成了学生交口称赞的优秀教师。

我小时候看到自己的父母为生活奔波的时候，觉得那种生活离我很远很远，少年时期追梦，对世界对自己都抱有不切实际的幻想。现在经过几十年社会的洗礼，岁月的沉淀，我们这一辈终于发现，大家不过是普通得不能再普通的人。别人不能做到的事，我们也做不到，有些别人可以做到的事，我们可能也做不到。

王小波在他的《黄金时代》里写道："那一天我二十一岁，在我一生的黄金时代。我有好多奢望。我想爱，想吃，还想在一瞬间变成天上半明半暗的云。后来我才知道，生活就是个缓慢受锤的过程，人一天天老下去，奢望也一天天消失，最后变得像挨了锤的牛一样。"

这段话我第一次读到时，心神一震，久久无言，王小波写出了世人都要经历的觉悟。不过思索过后，我觉得，对待这种觉悟，我们还是以积极的心态面对为好，"少年

兵商情

负壮气"是再正常不过的事情,中年知己凡,也是一种进步,接受平凡,心气放低一点,脚踏实地生活,才更能领悟生活的滋味。

我在写书

前些天,一位30多年没见的老同学,给我打来一个电话说:"听说,你现在自己在写书?"

我说:"是啊。"

他问:"你的职称是什么?"

我说:"研究员和副主任医师。"

他又问:"你是哪一级的作协会员?"

我说:"哪一级都不是啊。"

他又说:"那你怎么可以说自己在写书!"

我知道这问题我俩说不到一块去,就赶紧打了哈哈,说了些无关紧要的事。在我这个同学心目中,我能在国际国内一级医学核心期刊和管理科技杂志发表论文多篇,写作基础知识还是有的。我这同学很朴实,他可能认定一些标准总是要有的,无法接受一个人不是作协会员,就说自

兵商情

己在写书。

但是,一个人如果没有什么作品,他怎样能加入作家协会呢?没有人必须成为作协会员才能写书,在我看来,刚好相反。

从小到大,我们总觉得写作似乎是一件无比神圣的事情,写作是那些大作家的事情。作家嘛,应该是一位目光深远、笑容神秘的智者,不是我这样一个平平无奇的老头子。写作也不应该是我这样一个做了一辈子的医生,兴致来了就拿起笔做的事情。

其实细细想来,写作又有何高贵呢?

它从来就不应该是一道难题。小时候我们觉得写作难,是因为作业和考试,那种限定下的写作,让我们对写作有了误解,觉得写作是属于作文得高分的那些人的技能。到我们不再需要考试时,你会发现写作其实是件非常开心的事,并且是人人都会的事情。

写作只是表达的一种,不过就是口头的语言变成纸上的文字,它的门槛不高。人们靠写来直抒胸臆,辞藻华丽和平铺直叙都是作品的风格。但真正优秀的文章,在于文字后所蕴含的作者的思想。

好的作品就像一只手,可以牵引读者进入作者斑斓的内心世界。我年轻时候读莫言,觉得他的文字夸张又粗野，所描绘的景色与我所处的现实相去甚远，许多年后再读他的作品，才被里面生动的描绘和恣意的生命力所震撼。

所以高贵的不应该是写作这件事情，而是作品背后的人。

而好的作者，也不仅局限于文学专业的学生，他应该存在于各行各业中，他可能是一个普通的工人，一位农民，当然也有可能是一个医生。中国近代最伟大的作家之一鲁迅，也是一名医学专业的学生，但是他的文章惊醒了当时昏沉的中国人，一直到今天，他仍然是许多人精神上的灯塔。

我不追求自己写出多么大的成就，就是人老了，别人下棋喝茶、养花逗鸟来消磨时间，而我选择写作。我一辈子经历的事情不算少，我选择用文字记录下来，回忆总结一下自己的前半生，也不失为一种乐趣。

这些话语，我无法一一对着我的老同学诉说，所以我选择写在纸上，把它记录下来，也算是对所有疑惑我开始写作的人做出回答。

用什么保护善良

很多高尚者表示自己不爱钱，甚至反感他人赚钱，我认为，这其实是一种失职，你把钱交给低劣的人，他们只会把世界变得更糟。在有限的条件下，追求更好的效益，得到更高的收入，不必有愧疚，那反而是自己的责任。

人的一生有两大任务：一是善良，用自己的力量，用自己的专业，去解决他人的难题，这是立身之本；二是创收，要掌握更多的财富，去维护自己的善良，去保护这个世界的善良。

一名基层医院的医生对我说，她很忙很累，工资也不算太高。他们医院的现状是医生在不停地离开，却招不来新人，医保政策的改善（农合也能报销70%），或是什么其他原因，病人总在不停地增加，他们过年从来没有休过一天假，生病甚至都在带病工作（因为没有人能替代你的岗位。

如果因为太疲劳对某些病人或家属少做了一些解释，就会被扣上态度差的骂名；自己的父母或是孩子，基本上是没有时间陪的……也许有人会问：你说得如此心酸，为什么还没有离开？你曾经也是高才生，干哪一行应该都不会活得太差？

是的，她为什么还没有离开？30多年的行医生涯已让她干这行得心应手，每天医治几十名患者让他们缓解病痛，让他们转危为安，是对她灵魂最大的慰藉。

人们称医生为"白衣天使"，其实整个医药医疗行业，从新药的研发到疾病的预防与救治，都是伟大的产业。他们的初心就是为了缓解人的痛苦，延长人的寿命。而生命，是人最宝贵的痴缠。活着，意味着还能享受与创造。人的平均寿命一直增长，跟我们医药医疗水平的发展不无关系。

医疗在现代生活中从来都不能缺席，一座城市，如果有更多的好医院和好医生，那么它的吸引力都为之提升。但"白衣天使"这个称呼，是赞美，更是枷锁。世间不是只有高尚和无私，医生也是平常的人，可是因为职业的关系，医生总是出现在救死扶伤的战场，却无人关注他们真正的生活。一个医生同时可能是一名丈夫、妻子、父亲、

母亲、儿子、女儿。他们也是有血有泪的人,医生不过是他们的工作,只是这个工作的性质是治病救人。

但是社会上屡屡出现医闹事件,医生和患者之间的关系脆弱又微妙。我们很难分析出这种现状的所有原因,我想这跟误解有莫大的关系。因为误解,才会出现裂痕,才会出现冲突。

我个人不能保证医疗队伍里全部都是高尚善良的人,任何一个行业里都会有一些不那么正面的人物,正是一些错误的行为,造成了不好的社会影响,让患者对医生产生疑虑。但是我想说,正因如此,我们才更应该保护那些尽职、尽责的好医生。

我一直认为,化解误会的最好方式,是规章的人性化、透明化,以及业务能力的竞争多元化。我们让好的医生无论在收入还是社会地位等多方面都得到关怀。并且评价一个好的医生,不能只看他的科研成果,难道一年一篇核心论文的研究者,就一定是受患者爱戴的好医生吗?当然不一定。另外,作为医生,我们面对非专业的患者时,应该懂得他们对待病症的茫然,对待医疗手段的无知。医生无法做到一一解答的时候,是不是整个医院其他部门可以协作完成这件事情呢?难道医院就只有医生工作吗?我们医院仍然需要设备、需要科技来完善人文关怀。一个医生必然是贫苦,不食烟火的吗?当然也不是。社会舆论也需要多多改善对医生的苛刻要求,让大家接受这份职业也需要养活自己。

为什么很多医学领域的专家在勤勤恳恳工作几十年后选择在私立医院继续工作,为什么很多患者宁愿花费更多的钱财,也愿意去往私立医院就诊治疗?是因为私立医院提供更好的服务、更好的环境,让医生和患者都感到舒心,在这种情况下,相处起来才会更加和谐。

我很欣喜地看到,近年来,我们很多公立医院开始越来越人性化,挂号不用再排长队,各种标志也更明确,许多项目的治疗也数字化。患者就医环境越来越好,医生的收入也有一定幅度的提高。这些变化都是让人感动和惊喜的。

我想,到达这种理想状态的路非常遥远,那是因为很多人不知道钱是什么,不知道追求钱的目的何在,总认为市场化,就是一切向钱看,就是堕落。改变这种观念,并不是容易的事。

钱是什么?钱是能量,钱越多,能量越多。皇帝可以不碰钱,地位很高、名气很大的人,也可以少碰钱,因为他们依靠命令就能达到目标,但是绝大多数人,包括好医生,需要用钱达到自己的目标:我们用钱购买一个人的

兵
商
情

服务,这人达到这种服务水准,他需要耗费一定的能量成长与学习;我们用钱购买商品,这件商品从无到有,需要耗费一定的能量。服务与商品,不停逆推,最后一定是能量。所以,拥有更多钱,就是拥有更多能量,能量掌握在高尚者手上,才是人间正道。

第四章 "菊"思"明"想

长 大

由于女儿比儿子大一些,在我眼里,儿子一直是还没长大的小孩。我看着自己的女儿由一个天真的小孩成长为一个成熟的人,看着她进入社会,进入家庭。作为父亲,我由衷地祝福她在自己的人生路上越走越好。可是对于儿子,我一直没有意识到,他也在不知不觉中,成长为一个男人。

女儿一般跟家里人亲近,即使成立家庭后,依然和父母兄弟时不时分享自己的生活点滴与快乐,但是男孩子不同,他们长大的方式是建立自己的世界,一个其他人都无法进入的世界。当有一天我发现自己对儿子的生活不再了解的时候,我终于意识到,他长大了。

长大是一件长久的事情,也是一瞬间的事情。从我为人父的那一刻起,我就知道,我的孩子只能陪我人生的一

兵商情

段旅程，起初他们在我们怀里酣睡，后来他们牵着我们的手跟跄前行，再后来，我们渐渐跟不上他们的脚步，只能目送他们慢慢走远。

而我没有想到，在长久的相处之中，孩子的长大，对于我来说，就是那么一瞬间的事情。我年轻时因为工作的关系，和妻儿有很长一段时间两处分居，每次珍贵的相处时光里，两个孩子都像橡皮糖一样粘着我。现在想来，那温馨的画面似乎还是昨日经历的事情。

我在外面是一名军人，一个战士，一位医生，我可以冷静地在战场上，镇静地面对敌人，理性地拯救伤患。我要求自己是一个可以为家人遮风挡雨的成年人，我不允许自己太过脆弱，时时要表现得乐观刚强。而我的家庭则见证着我所有的感性与悸动。我的妻子和孩子是我坚强外表下有力的后盾，也是我心底的软肋。我用心爱护着他们，有一天，当我发现我一直视为孩子的儿子也长大成人后，心中还是有点失落的。

我不退休

我身边的人都说我是一个不知疲倦的人。普通的老人家，像我这个年纪的，早就过起了早睡早起，赏花喝茶的清闲日子，而我则一直在忙自己的事业，这段时间，还写起了书。可能因为我一生都像一个战士一样向前冲，不知疲倦，对于我来说清闲的日子反而像是一种惩罚，我过不习惯。

当然，我一个老年人有这种心态，是少数，毕竟很多人辛辛苦苦一辈子，到了晚年，应该享受享受生活了。但是年轻人就怕有太过休闲自在的心态，无所事事对于年轻人来讲，无疑是一种灾难。长时间无事可干的年轻人，看着美好时光在一些无意义的事情上消磨过去，手机游戏、上网冲浪最终获得的只有无尽的空虚，年少时的梦想与目标就这样被忘在脑后。

兵商情

我是停不下来的人，我习惯于穿梭在人群中，与不同的人打交道，交朋友，也习惯于不断地给自己定目标，然后全心全力地去完成它。即使前方有各种艰难险阻，仍然无法阻止我；即使自己撞得满头包，仍然有满心的冲劲去继续。

近几年"佛系"两个字深受大众喜爱，很多人觉得世间很苦，人生充满了求而不得，爱而不能，那还不如索性"佛系"一点，不求、不爱、不在乎，反倒能得个"无欲则刚"的境界。

其实佛性最初产生，是为了慰藉被社会折磨得一身疲惫的年轻人，让他们不要在思想上钻牛角尖，心理上不要走极端。然而这个词流传到现在，其最初的用意越来越模糊，许许多多的人躲在"佛性"二字后面，为自己的消极与懒惰找理由。不出门、不交往、不进取也不努力。他们因为脆弱，因为胆小，顶着佛系的帽子，放弃自己的人生。

我很想跟现在的年轻人说，其实社会从来都没有容易过，现代社会竞争大、压力大，让人无法喘息，也许对于打拼的一代来讲，社会很苦，但是我们这一代的苦来自年轻时物质与精神的贫瘠，每一代人都有每一代人的痛楚，但日子就是这样，你不好好过，它就真的稀里糊涂地过去了。

　　一直到今天，我仍然保持着年轻时的作息习惯，一早起床，读书看报，安排自己一天的工作，当把一天所有时间都安排妥当了，我自己会非常满足。当我发现这一点，我完全不会讨厌工作，也许有人说，我之所以爱工作是因为自己已经有了一部分成绩，有了一定的地位，我想说，我从年轻时就喜欢忙碌充实的生活，充实自己一直是我的生活目标，我怎么可能放弃呢。有某件事可以引导我的生活，我感到非常幸运，所以一定会把它维护好，失去工作、失去忙碌，我的生活就会散架，成为毫无主题的散篇。

　　很多人，在退休之后找寻到了真正的自己，有的学会了一门自己真正爱的技艺，有的将时光留给家人留给孩子，而我已经在做自己想做的事了，我也喜欢我的工作以及我的工作伙伴。如果我退休了，就等于放弃了这些乐趣。

自信是阳光

自信是阳光

如果将人比作植物,我觉得自信的人会像春夏的树木,散发勃勃生机,缺乏自信的人就像北方秋冬的树木,有一股萧条之气。缺乏自信总是一件让人感到困扰的事情,尤其是经历过摔打的人,曾经的意气风发被现实一次次挫败,逐渐怀疑自己,颓丧起来,犹如树木,丢失掉阳光。

可能有人说,自信的人分两种:一种是自己能力真的强大,什么都可以搞定;一种是不知深浅,对自己有着不切实际的判断。我想谈谈我自己的看法。我认为自信不是大家一贯认为的那种自我感觉良好,而是对很多事情的认知是积极的,抱持向上和乐观的态度。

比如同样面对困境,有的人会觉得困境是可以被克服的，有的人觉得困境就是来困住自己的，前者就是一种自信，后者就是一种自卑。别看这态度上的不同，这种不同决定着一个人做事的方向和效率。

自信和一个人的出身、相貌、学问有一定的关系，但不是直接的关系，自信更是一种思维方式，这种思维方式可以外部培养，也可以自己努力练成。

我是出生在湖南农村的一个普通小孩，我从小就没有享受过什么荣华富贵，父母也都是普通的农民。按说，我应该没有什么资本去自信。但我这个人看事情都是看积极、阳光的那一面，从个人的专业道路上，我从没因为自己学历不够就停止学习的步伐，因为我的学习经历受时代的影响，这是没办法改变的事情；在个人事业发展上，我也没有因为自己出身贫困而停止进取的脚步，因为钱财名誉都是靠自己一分一分地打拼下来的，没有家底，那就自己挣，不是富二代富三代，可以努力做富一代。所以我的这种积极心态在我的人生路上帮了大忙，给了我迈过很多困难的底气和本钱。

假如你不是天生有自信的那种人呢？

首先，我建议你先运动起来。因为运动是最容易让人有满足感的事情，我从二十岁便入了军营当上了兵。当

兵的时候,我们每天都有着规律的作息,还有各项体能练习,比如跑圈。我们每天都有自己的任务量,当我每天完成自己那项任务的时候,那种满足感会给我强烈的心理正向反馈。长时间运动下来,人的精气神都会向上,身姿也会逐渐挺拔起来。

其次,我还会建议想要建立自信心的人要持续学习。人要不间断地学习,强化自己的知识和见识。俗话说"活到老,学到老",时代总是在前进,学习是一件不可以停止的事情,我现在仍然努力跟年轻人学习使用手机、电脑等数码产品,所以跟人交流起来,也不至于太过落后,反而有些不太清楚数码产品用法的人,在出门的时候自己就会觉得束手束脚。同样的道理,多增加一项技能,你就有信心去探索新的领域。所谓"一日不读书,胸臆无佳想。一月不读书,耳目失精爽",停止学习就会丧失基本的安全感。

最后,要相信自信的力量,不自信的人通常都比较敏感,内心活动比较多,总是觉得自己不够好。但是我们的大脑会相信我们经常思考的内容,当一个想法在脑海里出现太多次后,大脑就会相信这是真的。知道这个理论后,我们要经常往好的地方想,这样可以调动一个人的潜能。只有自己先相信自己,别人才可以相信你。

附 录

当地报纸对周菊明事迹的报道摘录

兵商情

从"赤脚医生"到世界金牌得主

周菊明是个名不见经传的小人物——广东省军区梅花园干休所的一名主治医生。1995年5月,周菊明前往美国,登上了"第二届世界传统医学大会"的领奖台。这个有38个国家近200名世界医学界的权威人士参加的大会,设立了6项金奖,周菊明捧回了其中一项,另有一篇论文获优秀成果奖,个人获"民族医药之星"称号。

说起周菊明的这两项成果,还得回到二十多年前。当时从"赤脚医生"入伍到部队的他被送到湛江人民医院进修。他看到许多中老年人被中风所折磨,便立志要攻克这一世界难题。

1981年,周菊明被分配到硇洲岛某部卫生所任军医。岛上渔民多食高蛋白、高脂肪的食物,易患中风。周菊明看到西医治疗这种病易留后遗症,便寻求中医上的突破。

他利用各种机会向这方面的专家教授、向有经验的老中医请教。十年间,他累计寻访了杨志孚、程方教授等10多位专家、学者、老中医。与此同时,他依靠西医科学,对病情进行定性定位诊断,辨证施治,对症下药。经过多年反复摸索,他对治疗出血性脑卒中终于有了自己独到的治疗方法,形成了自己独特的配方。

1985年10月,岛上一名姓余的渔民,吵架嗜酒后突然昏倒,不省人事,经CT检查诊断为脑出血,留医三天不见苏醒。周菊明根据西医诊断和中医辨证,确定为出血性脑卒中,用自己的配方进行治疗,三天后患者甚至逐渐清醒,九个疗程后行走等各方面基本正常。

在岛上半年,周菊明还发现守岛战士和当地渔民患寻常疣的比较多,一些青年战士非常苦恼,暗暗掏钱到地方大医院进行冷冻或激光治疗,却总是很难根治。周菊明为攻克这一顽症,精心研究,反复论证,终于研究出针刺母疣的独特治疗方法,疗效神奇。

1991年2月,周菊明被调离海岛,调入广东省军区梅花园干休所。十年海岛,磨砺出他一手"绝活"。他把自己的研究或者成果悉心用于为老干部服务,深受老干部的欢迎。老干部樊某1991年10月患脑血栓,到大医院治疗一月,出院落了个半身不遂。周菊明用自己的配方送医送药

上门,目前樊老的生活已能完全自理。

到干休所后,周菊明有了较充裕的时间,他把自己多年的研究体会写成了《羚角钩藤汤加味治疗出血性脑卒中》和《针刺母疣法治疗多发性寻常疣102例》两篇论文。论文在国内外医学刊物上发表后,立即引起国内外有关专家重视,于是便有了本文开头那一幕。

在美国,与会的美国、日本、澳大利亚等国代表许诺提供优厚的研究条件和个人待遇,邀请他一道合作开发,都被他谢绝了。他提前两天结束了美国的领奖之行,取道香港回到祖国。他没忘记自己是一名中国军人,他要将自己的成果,首先服务于自己的祖国。

《战士报》1995年5月23日　第2版

记者:胡友秀、张爱民

心跳停止了

还是救活了

——康民医院硬是把一外地民工从死神手里拽了回来

本报讯　前日18时30分，广州沙河大街25层新百货大楼装修工彭光清装修时不慎从六层外墙坠落到地面，经抢救昨晚8时许病人已清醒。

当时彭头破血流、昏迷不醒、呼吸心跳微弱，围观者都认为必死无疑，不知所措，有几位伤者的老乡抱着一线希望把伤者送到广州康民医院，这时病人呼吸心跳已停止，广州康民医院的医生在院长的组织下全力进行抢救，终于把病人从死亡线上抢救回来。当家属从外地赶来广州，见病人已转危为安，感动得热泪盈眶，而这时病人还没交一分钱。

《广州日报》1998年3月22日　第二版

记者：易春桃

后 记

兵商情

　　本书诞生之初是因为我年事渐高，工作逐渐在放手，在家闲来无事，想想该给自己的前半生做个总结，于是，便乘兴打开电脑一顿噼噼啪啪便就这样坚持了下来，历经快四年时间，把自己近七十载人生所经历的一切有意义的事情整理成文字，记录在案，目的是给自己留点资料和念想，同时也是给儿女们留点更宝贵的"财富"。

　　我为什么写这部书？

　　向人民解放军学习，不是我的自我吹捧，更不是虚无缥缈的空洞口号，而是多数成功企业家和职业经理人的共同心声和美好希冀。

　　无数事实证明，要使一个组织充满激情和活力，仅靠严格管理是不够的，还必须培育远大的理想和追求，认真解决灵魂问题。人民解放军之所以能够成为一支举世无双的威武之师，人民军队正是由于以毛泽东为代表的老一辈无产阶级革命家，从创建的那天起，就将为人民翻身解放和幸福安康而奋斗的远大理想赋予了它，并经过革命战争考验和部队严格教育训练，不断把这种远大理想化为每个战士的自觉追求和坚强意志，从而凝聚成忠于党、忠于祖国和人民，英勇善战的"铁血忠魂"，所产生的必然结果。企业亦然，要使之保有持久的激情和活力，就必须解决团队的共同理想问题。这个共同理想，就是在中国共产党领导下，走中国特色社会主义道路，实现中华民族的伟大复兴；就是在员工增加收入、企业增加效益的同时，社会增加财富、国家增强实力。而且，这个理想，也必须首先从老板那里解决问题，而后通过表率作用，将其灌输到每个员工的思想和行为中去。有了这个共同理想，团队才会有明确的奋斗目标，员工才会有远大的事业追求，企业才会有强大的凝聚力和驱动力。否则，把大家的思想都用一个"钱"字圈起来，就会在"一棵树"上吊死，你就是管理再严格，也不能从根本上解决问题，甚至还会派生出其他矛盾。

向解放军学习，不是空洞的。用军人那种"为理想而战"的豪迈气概，把企业的魂凝聚起来，才能从根本上解决提振效益问题。军事文化并非捉摸不定的幽灵，而是实实在在看得见、摸得着的客观实在，只要上心，研究和学习都是可以做到的。这里，作为一名老兵提几点建议，供大家参考。

兵商情

一是读军书。改革开放以来，我国非常重视对人民解放军军史的研究，推出了许多颇有影响的著作。特别是部队，把研究军史，发扬老传统，作为一项重要政治任务，列入议事日程，推出的成果，更是不计其数。这些都是研究学习解放军的很好的资料和教材，经常阅读，肯定会有心得和收获。另外，传统兵家思想，也是我军军人文化形成的重要基础和来源之一，认真阅读一些类似《孙子兵法》《三十六计》等历史兵书，对于了解和学习军人，也会起到很大的帮助作用。

二是看军片。最近几年，先后推出了几十部军旅电影和电视连续剧，生动感人，不少都备受广大观众的青睐和追捧，像《亮剑》中李云龙的"亮剑精神"、《狼毒花》中常发的强烈民族情结、《历史的天空》中姜必达对理想的执着追求、《激情燃烧的岁月》中石光荣的永不衰竭的革命激情等，都在社会上引起了强烈的反响。除这些历史题材外，一些现代题材也产生了很大的吸引力，比如《突出重围》《沙场点兵》《士兵突击》《血色浪漫》《战狼》等，这些片子，都从不同角度，生龙活虎地反映了军人文化，工作之余，认真看一看，一定会受益匪浅。

三是进军营。不少人认为，军营挺神秘的，不一般不好光顾。是的，由于职能关系，部队营区，属于军事禁

后 记

区，管理的确比较严格。但是，绝对不拒绝有正常理由者。我以多年的切身经历告诉大家，企业家还是很受军人欢迎的。提前联系一下，参观一下没有问题，座谈也可以办得到。基于此，应该抽出时间来，到军营走一走，甚至可以组织员工，看看战士的内务管理，观摩一下他们的军事表演，参观部队荣誉室。只要这样做了，相信一定会受到军人文化的熏陶。

四是搞军训。《中国人民共和国国防教育法》有一条党政领导干部过军事日的规定，每年一次，由当地人武部门组织，到军营中去，训练、打靶，吃战士灶，以此强化国防意识，增强国防观念。大家完全可以借这一条，或参加到地方党政干部中去，或单独与当地人武部门联系，也过一过军事日，在强化国防观念的同时，体验军人文化。许多企业，每年还请部队支持，对员工进行一次军事训练，效果也不错。

五是交军友。了解和感悟军人文化，最好的效果，当然还是直接走进军人中去。因此，可以利用各种机会，交一些军界的朋友。军人，表面上挺严肃，实际上，大部分都比较热心和坦诚，朋友好交，也好处。一旦成为朋友，他就会毫不掩饰，把真实的东西完全表现出来，让你充分体会到军人文化的味道。有了几个军界的好朋友，你对军

人文化的了解和感悟,就更直接和具体了。

六是用军人。部队每年都有几十万的官兵退出现役。他们大部分都经过长期军营生活的培育和严格的军事训练,觉悟高,身体棒,能吃苦,综合素质强。况且,在这些官兵中,干什么的都有,是难得的优质人才资源。企业聘用员工时,可以有意识地留出一些岗位,招聘他们上岗。这样做,既充实了团队的实力,也改变了人员的结构,让他们直接将军人文化带到企业中去,带到员工中去。

当然,人民军队的军人文化,是经过革命理论哺育和革命战争锻打而形成的优秀传统文化,表面浅显单纯,实际底蕴深厚,内容丰富多彩。以上这些方法,只能算作是抛砖引玉的"砖",关键看你要建筑什么大厦。

"人生如梦,一樽还酹江月"——这是苏轼老先生对人生的无限感慨,有大彻大悟、超脱尘俗的味道。

"古今将相今何在?不见当年秦始皇""一壶浊酒喜相逢,古今多少事,都付笑谈中"。虽说我没有苏轼老先生那样才华横溢,境界高超,但仔细回忆,我曾经也是个意气风发,拼搏进取的青年:放弃当干部,从军到部队,立志在基层带兵打仗,冲锋陷阵,为祖国和人民奉献毕生力量。但事与愿违,阴差阳错,我在部队当了24年军医,

后 记

在治疗官兵身体疾病的同时,我看见了战士们美丽善良的内心,借此,我自信地迈入商海,"真枪实弹"地干了一场,20多年来,或多或少有点值得骄傲和自豪的战绩,想把它们变成铅字珍藏。

本书的成功出版,使我的情感得以释放,我感受到了从来没有过的快乐。军人是特别需要精神的,要完成这样一部艰巨的写作任务更需要精神,我的心思家人理解,我的行动家人支持,令我备感幸福和温暖。我的精神来自我的信仰和忠诚,来源于我的亲人和朋友。

看看昨天、今天、明天,能够豁然开朗就是美好的一天;想想亲情、友情、爱情,能永远珍惜就是好心情。曾经拥有的不要忘记,已经得到的更要珍惜,属于自己的不要放弃,已经失去的当作回忆,想要得到的加倍努力!

在本书中,讲到我个人人生经历的一些事,我原本想着一直封存下去的,至多到老得走不动了,把它口述出来,留给孩子们看看。今天把它讲出来,是因为责任的召唤——为研究和学习解放军提供一些资料;是因为情感的驱使——为身后千千万万不断从战场走进市场的战友,提供一个镜鉴和参考。仅只两条而已,别无他意。

追求真实,是故事的灵魂,否则就容易讲成"事故"。整个行文,我力避任何虚构和炫耀。至于个别情

节，由于时间过得太久，可能记得不够准，那只有请当事人和读者海涵了。另外，如果因分寸拿捏的欠佳，给谁带来了某些不舒服不愉快，那也是无意的，在这里先道声抱歉。

完成这部时间跨度较大的书稿，我个人甚感精力不足。自始至终，广东省韶关市曲江区人武部原政委、华南农业大学保卫处副处长杨新军同志，放弃大量的业余休息时间，给予了大力协助和鼎力支持，在此，深表感谢！

周菊明

2021年5月于花城广州